KB078289

그레이트 원

FUSION FANTASTIC STORY

천중화 장편 소설

Great one

그레이트 원 3

천중화 장편 소설

초판 1쇄 찍은 날 § 2014년 4월 24일
초판 1쇄 펴낸 날 § 2014년 5월 1일

지은이 § 천중화
펴낸이 § 서경석

편집부장 § 권태완
편집책임 § 박은정

펴낸곳 § 도서출판 청어람
등록번호 § 제387-1999-000006호
등록일자 § 1999. 5. 31
어람번호 § 제1-1837호

주소 § 경기도 부천시 원미구 부일로 483번길 40 서경B/D 3F (우) 420-822
전화 § 032-656-4452 팩스 § 032-656-4453
http://www.chungeoram.com
E-mail § chungeorambook@daum.net

ⓒ 천중화, 2014

ISBN 979-11-5681-996-7 04810
ISBN 979-11-5681-955-4 (세트)

그레이트 원

FUSION FANTASTIC STORY

천중화 장편 소설

3

Great one

도서출판 청어람

CONTENTS

1장

전쟁의 시작

인간이 얼마나 오랫동안 크게 울 수 있을까?

군이 기네스북을 뒤지지 않아도 내 친구 채나를 보면 간단히 답이 나온다.

장 박사님이 인천공항으로 출발할 때부터 장 박사님이 탄 비행기가 하늘 높이 날아가고 우리가 다시 서울로 돌아올 때까지도 채나는 계속 울었다. 단 일 초도 쉬지 않았다.

난 오늘에서야 깨달았다.

많이 먹으면 노래 부르는 소리도 크고 울음소리도 크다는 것!

끝내 내 머리가 환각 증세를 일으켰다.

혹시 장 박사님이 죽었나?

"그만 울어, 언니! 언니가 자꾸 우니까 나도 슬퍼지잖아?"

조수석에 앉아 있던 한미래가 울상을 지으며 뒷좌석에서 얼굴을 파묻은 채 흐느끼는 채나를 달랬다.

채나의 예쁜 껌, 연필신의 보조 매니저가 달래도 소용이 없었다.

"흑흑……."

채나가 계속 흐느끼면서 눈물을 훔쳤다.

"그만 그쳐, 채나야! 서너 달 뒤에 또 오신대잖아? 장 박사님……."

"맞아! 형부가 그랬어. 추석 때쯤 시간이 난다구!"

연필신이 열심히 운전을 하며 채나를 달랬고, 한미래는 자신의 친형부를 부르듯 살갑게 말했다.

"흑흑… 근데… 저거… 울 오빠 글씨야!"

그때, 채나가 운전석과 조수석 사이 유리창에 붙어 있는 A4용지를 가리켰다.

"사랑하는 울보에게? 맞네!"

한미래가 A4용지에 쓰인 글씨를 읽으면서 웃었다.

"아휴! 니가 하도 우는 바람에 정신이 나갔다. 나갔어!"

연필신이 잽싸게 A4용지를 떼어 채나에게 건네줬다.

사랑하는 울보에게!

그만 울고 은행에 가봐.

오빠가 용돈 넣어놨어.

사랑해 울보!

케인이 채나에게 쓴 편지였다.

"에헤헤헤헤!"

갑자기 채나가 A4용지를 든 채 너털웃음을 터뜨렸다

"오잉!?"

연필신과 한미래가 화들짝 놀랐다.

이게 무슨 괴변인가?

인천공항이 물에 잠길 만큼 울던 채나가 편지를 보자마자 너털웃음을 터뜨리다니? 너무 울어서 미친 거 아냐!

연필신이 힐끔힐끔 백미러를 보며 채나를 살폈다.

"무슨 내용인데 그렇게 웃어? 언니!"

연필신이 궁금한 내용을 한미래가 거의 노타임으로 물었다.

"울 오빠가 채나 용돈 줬대! 헤헤헤!"

채나가 A4용지를 곱게 접으며 대답했다.

"요오오옹돈? 니가 도대체 한 달에 얼마를 버는데 애들처럼 용돈을 줘?"

"풋! 형부 재밌다. 형부 연봉 다 합쳐도 채나 언니 CF 한 번 찍는 것만 못할 텐데?"

"당연하지! 내가 선생님 생활을 해봐서 안다. 미국 대학교수도 실제 연봉은 얼마 안 돼!"

연필신이 쓰게 웃었고 한미래가 귀엽게 웃었다.

"오빠한테는 난 늘 꼬만데, 뭐! 울보구……."

채나가 또다시 눈물을 글썽였다.

"야야! 채나야! 어디 은행이야? 빨리 가자, 가!"

"그, 그래! 언니! 형부가 피땀 흘려 번 돈인데 빨리 가서 확인해 봐야지?"

연필신과 한미래가 재빨리 심각한 상황을 파악하고 화제를 돌렸다.

"한국외환은행 종로지점으로 가!"

채나의 얼굴에 다시 웃음이 어렸다.

'피휴휴— 백척간두 일촉즉발이었어.'

'하마터면 언니의 그 천둥 치는 듯한 울음소리를 또? 안 돼!'

연필신과 한미래가 룸미러로 마주보며 몸을 부르르 떨었다.

'궁금하다. 노벨상 수상자는 자기 여친에게 용돈을 얼마나 줄까.'

궁금증을 일 초도 못 참는 구로동 꺽다리 아줌마가 힘차게 엑셀을 밟았다.

그리고 그 궁금증은 곧 경악으로 바뀌었다.

　　　　*　　　　　*　　　　　*

"어머, 어머, 어머! 김채나야! 김채나!"

"지, 진짜잖아? 어머머… 한미래도 왔네!"

"세상에? 실물 장난 아니다. 정말 귀엽다! 엄청 예뻐!"

　연필신이 과속 딱지를 두 장씩이나 끊으며 인천공항에서 종로까지 총알처럼 날아왔다.

　그만큼 채나가 울음을 터뜨리는 것이 겁났기 때문이었다.

　수근수근!

　연필신이 씩씩하게 채나와 한미래를 데리고 외환은행에 들어갔을 때, 불현듯 다시 인천공항으로 돌아가고 싶다는 생각이 들었다.

　채나와 한미래를 가리키며 수근대는 소리가 채나가 우는 소리보다 훨씬 컸기 때문이었다.

　"어서 옵시오, 김채나 씨! 저희 외환은행 종로지점을 찾아 주셔서 대단히 감사합니다. 저는 대리 양월집입니다."

　말끔한 정장을 걸친 양 대리가 미소를 띠며 정중하게 인사를 했다.

　"어서 오세요, 한미래 씨! 뭘 도와드릴까요? 나혜원 주임입니다."

　예쁜 외환은행 유니폼을 걸친 나 주임이 미소를 띠며 인사를 했다.

그리고,

"저기 아줌마! 아줌마는 일단 번호표를 뽑으세요!"

청원경찰이 다가와 연필신에게 퉁명스럽게 말했다.

"아, 아저씨! 저……."

"하하하! 어서 오십시오, 채나 씨!"

연필신이 입이 튀어나오며 한마디 하려 할 때 우렁찬 음성과 함께 사십대 대머리 사내가 다가왔다.

"최동석 차장입니다. 그러지 않아도 케인 박사님께 연락을 받고 채나 씨를 기다리고 있었습니다."

"오, 오빠가요?!"

"예! 일단 VIP실로 가시지요."

"……."

"양 대리는 미래 씨하고 필신 씨 휴게실로 안내 좀 해 드리고!"

"네! 차장님!

"이쪽으로 가실까요?"

"두 분은 저를 따라오시지요."

채나는 최동석 차장을 한미래와 연필신은 양 대리를 따라갔다.

'씨앙! 왜 한 사람은 차장님이고, 한 사람은 청경인지 알겠어. 고품격 개그우먼한테, 뭐 아줌마?

연필신이 청원경찰을 무섭게 째렸다.

청원경찰이 미안한 듯 눈길을 피하며 머리를 긁었다.

'개그였는데. 구로동 껑다리 아줌마…….'

"아니! 뭐하는데 한 시간이 넘도록 잡혀 있었던 거야? 장 박사님이 무슨 외환관리법 위반이라도 했대?"

"진짜 지루해서 혼났어. 채나 언니! 무슨 은행이……."

"지루해? 은행 직원들 줄줄 사인해 주기 바빴으면서 언제 지루할 틈이 계셨나?"

"아후! 사인해 주는 것도 한두 명이지 언니……."

"조용해, 이 웬수야! 앞으로 내가 외환은행하고 거래하면 성을 간다. 성을 갈아! 어떻게 그 많은 직원이 전부 미래한테만 달라붙고 난 본 척도 안 해? 이 나쁜 XY들!"

연필신이 얼마나 화가 났는지 까만 주근깨가 빨갛게 변해 있었다.

"푸후!"

한미래가 억지로 웃음을 참았다.

"야야! 김채나? 너 또 표정이 왜 그래! 또 울려고 하는 거야?"

"진짜… 언니 언니! 내가 재미있는 얘기해 줄까?"

"야! 장 박사님이 용돈을 얼마나 쪼끔 줬기에 그래?"

"언니, 그래도 울면 안 돼. 교수님들 월급 얼마 안 된다잖아!"

연필신과 한미래가 인상을 쓰고 있는 채나를 정신없이 달 랬다.

"으씨! 내가 무슨 울본 줄 알아? 맨날 울게."

'오잉! 울보 아니었나?'

'아까 하늘이 무너진 것처럼 통곡한 사람이 누구야? 혹시 나?'

채나의 느닷없는 애드리브에 연필신과 한미래가 당혹했 다.

"쩝! 돈이 많아도 고민이네."

"뭐? 돈이 많아서 걱정이라고? 장 박사님이 얼마를 줬는 데?"

"형부가 미국 집 팔았대?"

"미국 집 모조리 팔아도 5,000만 달러는 못 만들어."

"얼마? 5,000만 원?"

"와아! 형부 다시 봐야겠다. 어떻게 용돈을 5,000만 원이나 줘?"

"환장한다, 환장해! 누군 남자 잘 만나서 5,000만 원씩 용 돈을 받는데 난 5,000원도 주는 남자가 없으니 원!"

"큭큭!"

연필신이 신세 한탄을 하자 한미래가 다시 웃음을 삼켰다.

"5,000만 원이 아니라 5,000만 달러라니까… US달러로!"

채나가 케인이 준 돈의 액수를 정확하게 밝혔다.

"5, 5,000만 달러!"

"오오오오오오천만 달러?!"

…….

지금 어떤 중소기업체 수출액 얘기야?

왜 갑자기 100억 불 수출의 탑이 생각나지?

연필신과 한미래가 입을 헤벌린 채 두 눈을 껌뻑거렸다.

"저기, 미래야! 내가 숫자를 부를 테니까 계산을 해봐. 오늘 오후 환율이 1달러에……."

"1,180원 이래!"

채나가 대신 대답했다.

"좋아! 1,180 곱하기 50,000,000 해봐."

"어, 언니! 영이 너무 많아서 헷갈려?"

"590억쯤 되더라구."

"5, 590억 원?"

"우와와아! 우리 채나 언니 재벌이다."

"재벌은 무슨 겨우 590억 갖고!"

"겨, 겨우 590억 원? 하긴 내일 모레면 당장 천문학적인 액수가 쏟아져 들어올 텐데 590억 원은 그저 용돈에 불과하지!"

"헤헤헤헤……."

지금 연필신이 채나에게 비웃듯 던지는 조크는 실화에 바탕을 두고 있었다.

연예계 일각에서는 이미 채나가 미국 메이저 레코드 회사인 EMA와 음반 계약을 맺었으며, 미화 1억 달러를 선불로 받았다는 믿지 못할 소문이 떠돌고 있었기 때문이다.

실제로 2002년도 현재, 마돈나 휴트니 휴스턴 머라이어 캐리와 함께 미국 여자 팝가수 중 〈빅4〉로 불리는 재니 잭슨이 유명 레코드사와 음반계약을 하면서 미화 5,000만 달러를 선불로 받았다.

게다가 많은 음악전문가는 채나와 재니 잭슨를 종합적으로 비교할 때 채나가 두어 수쯤 위에 있다는 평가를 내리고 있었다.

당연히, 지금의 채나는 DBS 공개홀 구석에서 황소 PD와 출연료 몇 만 원을 놓고 싸우던 그 채나가 아니었다.

채나는 그동안 〈우스타〉에 출연하면서 수많은 국내외 공연기획사나 음반회사 관계자를 만났다.

그들은 채나가 원하지 않아도 채나의 재능이 돈으로 환산될 때 어느 정도 가치가 있는지 세계 유명가수들의 예까지 들어가며 아주 친절하고 정확하게 계산해 줬다.

그 계산은 이미 현실이 되어 한국과 미국 등에서 엄청난 돈이 쏟아져 들어오기 시작했다.

한국에서는 채나가 그동안 〈우스타〉에 출연하면서 불렀던 노래들을 대충 종합해서 발매한 〈김채나 스페셜 앨범〉이 단 열흘 만에 5백만 장을 돌파하고 6백만 장을 향해 달려가고 있었고,

약장사 강 관장이 빨강 중절모 대신 붉은색 넥타이를 매고 KAL보잉747 여객기 내 VIP 클래스에 앉아 1억 1,500만 달러라는 〈김채나 수출대금〉을 받기 위해 멀리 미국의 LA로 날아가고 있었다.

하지만 진정 무서운 것은 채나가 지금까지 보여준 재능은 채나가 지닌 재능 중에서 겨우 오분의 일, 20% 정도라는 사실이었으니…….

"근데 형부는 교수님이라면서 무슨 돈을 그렇게 많이 벌어?"

한미래가 5,000만 달러의 출처를 물었다.

"응! 오빠가 제약회사에 신약 특허를 넘기면서 받은 돈이래."

채나가 친절하게 5,000만 달러의 출처를 밝혀줬다.

"신약 특허?"

"그래! 제대로 된 신약을 개발하면 천문학적인 액수가 오간다고 은행에서 그러더라고!"

"맞아! 어렴풋이 들은 기억이 있어. 신약개발은 곧 황금알을 낳는 최첨단 산업이래. 장 박사님은 화학 쪽에서 노벨상을 받으신 분이니까 충분히 이해가 된다."

역시 연필신이 고대 나온 여자답게 정확하게 상황을 꿰뚫었다.

"아주 잘됐다! 이참에 우리 셋 다 연예인 때려치우자. 목

아프게 무슨 노래야? 나도 아이디어 짜는 거 지쳤어. 너는 장박사님이 먹여 살릴 테고 미래하고 나는 네가 먹여 살리겠지. 하나뿐인 친구고 동생인데 굶겨 죽이기야 하겠냐?"

연필신이 아주 지극히 현실적인 얘기를 했다.

"헤헤헤! 그래, 일단 뭘 먹자. 울 오빠가 나 많이 먹고 울지 말라고 했어. 그럼 다음에 용돈 더 많이 준대!"

"또오오오오 용돈을?"

"지, 지금보다 더 많이 준다고 형부가??"

갑자기 연필신과 한미래는 삶에 회의를 느꼈다.

"웅! 그러니까 울지 말래. 잘 먹고……."

연필신과 한미래는 정말 궁금했다.

한 번 우니까 용돈으로 5,000만 달러를 줬는데 두 번째는 많이 주겠다고 했단다.

그 많은 용돈은 또 얼마나 될까?

*　　　　*　　　　*

따르릉!

새벽 5시 30분에 서울특별시 서초구 방배동 제4차 현대 아파트 105동 304호의 전화벨이 울렸다.

엊그제 이사 온 연필신네 집이었다.

지금 이 시간에 전화를 할 사람은 딱 두 사람밖에 없었다.

연필신의 엄마 아니면 채나!

연필신의 엄마일 확률이 높았다.

연필신이 요즘 〈우스타〉와 〈개판〉 등 여러 TV와 라디오 프로에 출연하면서 연필신의 고향인 충북 영동에서도 일약 유명인사로 떠올랐다.

덕분에 연필신의 엄마 아빠도 하루가 멀다고 전화를 했다.

어제는 흑염소 중탕인가 하는 걸 한 보따리 보냈고!

새벽 5시가 되면 어김없이 일어나 책상 앞에 앉는 연필신의 쌍둥이 동생 연필심이 안경을 고쳐 쓰고 거실에 나와 전화를 받았다.

"응! 깨울게."

연필심이 전화를 끊고 연필신의 방으로 들어갔다.

연필신은 어저께 KBC부터 지역방송IN TV까지 순회하느라 오늘 새벽 한 시에 들어왔다. 호랑이가 업어 가도 모를 정도로 잠에 취해 있었다.

"언니! 채나 언니가 동대문에 와서 장부 정리 좀 도와 달래."

연필심이 커튼을 열며 말했다.

"음냐… 오늘은 황금 같은 휴일… 알바비가 따따블이라고 전해……."

연필신이 돌아누우며 귀찮다는 말투로 대답했다.

"특별 수당으로 40만 원 준다는데?"

연필심이 미소를 띠며 나지막하게 말했다.

"사, 사십만 원? 아침 먹고 간다고 해!"

연필신이 눈을 번쩍 뜨며 몸을 일으켰다.

"빚도 탕감해 준대!"

"익!"

연필심의 탕감이란 말이 채 끝나기도 전에 연필신이 마른 비명을 터뜨리며 총알처럼 침대에서 몸을 일으켰다.

"통통이 키? 통통이 키, 어디 있니? 필심아!"

"여기 있잖아?"

연필심이 침대 머리맡에서 자동차 키를 집어 연필신에게 내밀었다.

통통이는 연필신이 며칠 전에 산 타이거 승용차의 이름이었다.

"갔다 올게! 있다가 전화해."

"응! 운전 조심하고."

연필신이 자동차 키를 든 채 눈을 비비며 집을 나섰다.

"후우! 정말 신기해. 남들 보면 사귀는 줄 알겠어."

연필심이 아파트 삼 층 베란다에 서서 멀리 주차장으로 허겁지겁 뛰어가는 연필신을 보며 웃음을 지었다.

연필신은 어제 아침 여섯 시에 집을 나가 동대문에 가서 채나를 데리고 미국 ABC 방송과 인터뷰를 한 뒤 일산으로 가서 DBS의 〈우스타〉 녹화를 하고, 다시 여의도에서 와서 KBC 라디오의 〈오후를 여는 사람들〉들을 녹음했다.

겨우 저녁을 먹고 인천으로 건너가 IN TV의 〈스타의 하루〉를 녹화한 뒤 다시 일산 DBS FM 방송에 가서 〈좋은 음악 좋은 노래〉를 녹음을 하고 밤 열한 시에 채나와 함께 KBC의 〈연예천국〉과 인터뷰를 끝내고 오늘 새벽에 들어왔다.

오늘은 연필신이 기를 쓰고 스케줄을 조정해서 보름에 딱 하루, 황금 같은 휴일이었다.

근데 채나가 부르자 파김치가 된 몸을 끌고 세수도 하지 않고 뛰쳐 나갔다.

사람들은 쌍둥이 자매를 보면 개그우먼인 연필신이 성격이 부드럽고 고시생인 연필심이 까칠한 줄 안다.

정확히 그 반대였다.

사실은 연필신이 동생인 연필심보다 두 배 이상 까칠한 성격이었다.

오죽하면 수십 대 일의 경쟁을 뚫고 들어간 수학 선생님도 교육계의 관료적인 분위기가 마음에 안 든다고 하루아침에 치우고 나왔을까?

그런 연필신의 성격을 누구보다 더 잘 아는 동생 연필심이기에 전화 한 통에 새벽부터 동대문으로 달려가는 언니가 신기했던 것이다.

많이 부러웠고!

얼마나 좋고 얼마나 가까운 친구면 저렇게 자다가 벌떡 일어나 허겁지겁 뛰어갈까?

따르릉!

연필신네 집 전화가 다시 울렸다.

"어휴! 또 채나 언니 성질 나온다?"

연필심이 거실로 들어와 전화를 받았다.

―야! 필신이 왜 안 와?

"응… 십 분 전에 출발했어. 금방 도착할 거야."

―이게 돼질라고. 부르면 팍팍 날아와야지!

툭! 채나가 그대로 전화를 끊었다.

"무서운 친구였나?"

연필심이 미소를 베어 물며 방으로 들어갔다.

채나는 어릴 때부터 영어나 한국어, 중국어 같은 어학 쪽에
서는 천재 소리를 지겹게 들었다.

반면에 이상하게 숫자에 약했다.

숫자가 만 단위 이상 올라가면 겁이 더럭 났고, 그리 어렵
지 않은 가감승제도 헤매기 일쑤였다.

그 영향으로 지금도 약간 복잡한 숫자들을 보면 알레르기
가 일어나고 스트레스를 받았다.

덕분에 오늘 이 시간까지 한 번도 자신의 수입 지출 내역이
적힌 가계부니 차계부니 하는 금전출납부 같은 것을 기록한
적이 없었다.

뭐 굳이 기록할 필요도 없었다. 들어오는 돈이나 나가는 돈이나 얼마 되지 않았으니까……

하지만 몇 개월 전부터 채나는 자신이 정기적으로 소액의 급여를 받는 샐러리맨이 아니고 뭉칫돈이 들어오고 나가는 사업자라는 것을 알았다.

이제 어떤 식으로든 자신의 수입과 지출을 일목요연하게 정리하고 체계적으로 돈을 관리해야 한다는 사실을 절감하고 있었다.

여기저기서 들어오고 나가는 돈들이 커지다 보니까 자신조차 자신의 주머니에 얼마가 있는지 모르는 상황이 온 것이다.

돈이 아무리 많고 아무리 많이 벌어도 관리를 잘못하면 꽝이다.

채나가 아는 몇 안 되는 금융상식 중 하나였다.

그래서 채나는 자신과는 정반대인 숫자의 달인으로 고려대학교 사범대학 수학교육학과를 졸업하고, 한때 고등학교 수학 선생님까지 지낸 인간 계산기에게 장부 정리를 명령했다.

아예 자신이 쉽게 알아보고 사용할 수 있도록 금전출납부를 만들어 컴퓨터에 입력시켜 달라고 했다.

수입과 지출만 툭툭 던져 넣으면 그 합계가 착착 뜨는 프로그램!

당연히 채나는 인간 계산기에게 특별 수당을 지불했다.

수당액수는 자그마치 1,000만 원!

공인회계사(CPA) 두 사람쯤은 너끈히 고용할 수 있는 액수였다.

그 공인회계사보다 비싼 고급 인력은 고품격 개그우먼으로 채나의 친구 겸 알바 매니저인 연필신이었다.

연필신이 빛살보다는 조금 늦고 바람보다는 약간 빠르게 〈채나빌〉에 도착했다.

"부르셨어요, 김 회장님? 이히히히……."

"빨랑빨랑 기어오지 못해?"

연필신이 활짝 웃으며 채나와 하이파이브를 하고 현금 40만 원을 받고 960만 원이나 되는 빚을 탕감받았다.

이 960만 원이라는 애매한 액수의 돈은 연필신이 그토록 호시탐탐 노리던 타이거 승용차를 구입할 때 채나가 빌려준 돈이었다.

연필신이 타이거 승용차를 사러 갔을 때 일반형과 최고급형은 옵션에서 꼭 960만 원 차이가 났다.

연필신은 일반형만 생각하고 열심히 돈을 모았고 마음은 최고급형에 가 있었고…….

졸지에 옆에서 구경한 죄로 김채나 회장님이 대납을 했다.

오늘 연필신은 채나의 장부를 정리해 주는 것으로 이 채무를 변제했다.

"에효효! 1,000만 원이 아니라 1억 원을 달라고 할 걸 그랬어?"

수십 개의 저금통장을 쌓아놓고 컴퓨터 앞에 앉아 열심히 자판을 두드리며 장부를 정리를 하던 연필신은 정말 깜짝 놀랐다.

지난 이월에 소 PD에게 자신의 출연료를 물어봤던 채나는 오늘은 대한방송사주인 김태형 회장에게 대한방송사를 얼마면 팔 수 있느냐고 물어봐야 할 판이었다.

채나는 이미 1,000억 원이 넘는 현금을 보유한 엄청난 재산가였다.

채나의 수입 중 가장 큰 몫을 한 것은 역시 케인이 보내준 용돈으로 합계 5,800만 달러가 첫 번째였고, 두 번째가 〈김채나 스페셜 앨범〉 판매 수익금이었고, 세 번째가 세계 각처에서 들어오는 음원 수입금이었다.

그리고 CF 모델 수입금과 행사 수입금, 한국 마사회 에서 들어온 계약금과 월급, 〈우스타〉 출연료, 〈채나빌〉에서 나오는 월세와 세계 각지의 팬들이 채나 킴이라는 사격선수에게 보내주는 후원금 등이었다.

지출은 그 첫 번째가 한국과 미국을 비롯한 수많은 자선단체에게 보내는 후원금이었다.

미국에서 교육을 받아서 그런지 각종 자선단체에 보내는 후원금이 수입액의 약 10%일 정도로 생활화가 돼 있었다.

두 번째 지출은 〈채나원〉에 있는 킹과 퀸의 먹이값과 스노우의 군것질값 정도였다.

채나가 사용하는 자동차와 전화 등 생활비는 모조리 캔 프로에서 부담하고 있었다.

한 가지 특이한 것은 강 관장님이 채나의 수입에서 지금까지 10원도 떼지 않고 전액 채나 통장에 넣어주고 있다는 것이다.

"강 관장님이 기획사를 운영하는 것이 아니라 자선단체를 운영하나?"

연필신이 고개를 몇 번씩 모로 꼬았다.

강 관장이 예수님이나 부처님을 닮은 인상은 아니었기 때문이다.

궁금증을 일 초도 참지 못하는 연필신의 성격에 딱 맞게 십 초 후에 미국 LA에서 정답이 날아왔다.

"우헤헤헤헤헤— 드디어 왔다!"

서재 한쪽 구석에서 경제신문을 잔뜩 늘어놓고 뒤적이면서 회계사 연필신의 질문에 열심히 대답하던 채나가 갑자기 특유의 맹한 웃음을 길게 터뜨렸다.

"오잉? 이 정도 웃음소리면 며칠 전 장 박사님이 오셨을 때와 버금갈 만큼 좋은 소식이 있다는 건데?"

연필신은 이제 채나를 완벽하게 꿰고 있었다.

"헤헤헤! 이것도 정리해, 필신아."

채나가 컴퓨터 데스크 앞에 앉아 있는 연필신에게 휴대폰을 건네줬다.

"······!"

연필신은 채나가 건네준 휴대폰에서 메시지를 읽는 순간 자신이 고혈압이나 동맥경화 같은 성인병이 없다는 것이 정말 다행이라는 생각이 들었다.

채나의 휴대폰 액정에는 혈압이 터지고 혈관이 막힐 만큼 엄청난 뉴스가 떠 있었기 때문이다.

TO. 째나!

EMA와 계약 완결.

내년 일월부터 사월까지 〈김채나 정규 1집〉을 발매하되 한국을 제외한 모든 국가의 판권을 주기로 약속.

정규 1, 2집 계약금 4,000만 달러, 선금 7,000만 달러 미국, 체재비용 500만 달러 등 1억 1500만 달러.

십 분 전에 입금 확인!

FROM. 동주 오빠

덜컹!

여기까지 읽은 연필신이 혈압이 터지는 대신 턱이 빠졌다.

채나가 재빨리 끼워줬다.

P.S ONE.

동주 빌딩 삼 층에서 맺은 노예계약에 의거 〈경기은행 빌딩값〉 800
만 달러를 내 주머니에 잽싸게 담고 1억 700만 달러는 네 계좌에 넣었
다. 며칠 전에 알아보니까 〈경기은행 빌딩〉이 약 100억 원쯤 하더라.

지금 환율은 1달러에 1,200원쯤 하고!

다음에 째나 같은 애를 만나면 꼭 여의도에 가서 63빌딩을 사달라
고 해야지. 흐흐흐…….

아참! EMA 애들이 계약 사실을 내년 일월까지는 매스컴에 발표하
지 말아달라고 하더라! 뭐, 세금문제 때문인 것 같더라고.

P.S TWO.

지금 뉴욕의 에비뉴 거리에 있는 〈보름달〉에 와서 송현우 사장하고
술 한잔하고 있다.

너 한시 바삐 뉴욕에 와서 공연 안 하면 진짜 직무유기로 고발한대.

근데 이 자식 식당은 뭐가 이렇게 비싸냐? 씨발! 욕 나오네!

쪽!

연필신이 채나를 번쩍 안고 볼에 뽀뽀를 했다.

"축하해! 우리 귀염둥이가 이제 억만장자가 됐네!"

"에헤헤헤! 고마워. 껑다리 아줌마!"

"푸우우우! 얼마 전부터 EMA와 계약설이 흘러나오더니 진짜였어! 1,500만 달러나 많은 금액으로 계약을 했다니? 정말 살벌하다! 살벌해!"

연필신이 현기증을 느끼는 듯 머리를 흔들며 말했다.

"헤헤! 강 오빠가 이것도 잘하지만 이게 보통이 아냐!"

채나가 두 손으로 권투하는 모습을 흉내 내다가 손가락을 입술에 대며 수다 떠는 모습을 흉내 냈다.

"수십 차례 세계 타이틀 매치를 엮어낸 분인데 그럼……."

연필신이 고개를 주억거렸다.

"그, 근데 채나야? 너 정말 강 관장님께 100억 원을 주기로 했던 거야?"

연필신이 도무지 믿기지 않는 듯 재차 휴대폰에 뜬 메시지를 읽으며 물었다.

"뭐 꼭 100억 원이 아니라 〈경기은행 빌딩〉을 사달라고 하더라고. 동주 빌딩을 비롯한 전 재산을 내게 투자하겠다는 조건이었지!"

채나가 아무렇지도 않게 대답했다.

"그래도… 100억은 너무 많은 거 아냐?"

연필신이 정말 아까운 듯 정색하고 말했다.

"바보! 수학 선생님이 왜 그렇게 계산을 못해? 내가 연예계에서 10원도 벌지 못할 때 강 오빠는 몇십 억이나 되는 자기 재산을 투자하겠다고 약속했고 진짜 투자해 왔어! 그건 곧 나한테 수십 억을 준 거야. 이제 내가 돈을 좀 버니까 이자를 쳐서 돌려준 거구."

"그렇게 계산하니까 말이 되긴 하지만 휴우—"

연필신이 못내 아까운 듯 한숨을 내쉬었다.

"헤헤! 그래도 강 오빠가 많이 손해야. 건물 하나 먹고 한평생 내 뒤치다꺼리를 해야 할 텐데 뭐?"

'그 경기은행 건물 나 줘! 그럼 내가 한평생 아니라 두 평생이라도 뒤치다꺼리 해준다.'

연필신이 이 말을 할까 말까 망설였다.

연필신은 수학 선생님 출신의 평범한 개그우먼이었다.

강 관장이나 채나 같은 보스 기질로 똘똘 뭉친 사업가들의 의식 세계를 이해하기에는 불가능했다.

"근데 필신아! 지금 우리나라에서 어디에 투자를 하는 게 가장 좋을까?"

채나가 전혀 어울리지 않는 묵직한 질문을 했다.

"부동산 불패! 천하무적 부동산!"

연필신은 전혀 무겁지 않은 듯 노타임으로 대답했다.

"우리나라처럼 땅이 비좁은 나라에서는 이게 투자의 정석이야. 지금처럼 환란에서 벗어난 지 얼마 되지 않아 부동산 가격이 바닥을 칠 때가 투자의 최적기고!"

연필신이 인터넷이나 신문 등에서 얻은 경제 지식을 채나에게 설파했다.

"OK!"

탁! 채나가 연필신의 의견에 동조한다는 듯 손가락을 퉁겼다.

"방금 강 관장님이 보낸 돈은 넣고 오빠가 보낸 돈은 장부에서 빼. 알았지?"

"으응! 근데 어디 가는 거야?"

"잠깐 나가서 빌딩 몇 개 사 가지고 올게!"

"잠깐 나가서 빌딩 몇 개를 사 가지고 와?"

들었나?

내 친구 김채나는 이런 사람이야!

몇백 억짜리 빌딩을 무슨 찐빵이나 만두를 사는 것처럼 말을 하는 사람.

또 한 치의 망설임도 없이 그렇게 실행하는 사람.

이게 어떻게 지구인의 상식으로 가능할까?

아마 화성인도 이런 행동은 쉽지 않을 것이다.

"근데 5,000만 달러짜리 부동산은 너무 덩치가 크지 않나? 어, 추워!"

연필신이 온몸을 마구 문질렀다.

이때, 채나가 사들인 빌딩들이 일 년도 지나기 전에 끝자리에 영이 하나씩 더 붙어 거래가 될 때 연필신은 너무 뜨거워 새까맣게 타죽기 일보직전까지 갔다.

＊　　＊　　＊

바아아앙!

승용차만큼이나 큼직한 고급 오토바이 한 대가 웅장한 엔진음을 자랑하며 〈채나빌〉의 지하 주차장에서 빠져나왔다.

오토바이의 생김새나 엔진 소리로 미뤄 할리 데이비슨 같은 세계적인 명품이 틀림없었다.

바아앙!

검은색 헬멧에 검은색 선글라스를 쓰고 검은색 가죽 재킷과 가죽 바지에 부츠를 신은 라이더가 오토바이를 몰고 바람처럼 종로를 관통했다.

한순간 오토바이가 종로3가에서 2가로 넘어가는 사거리에서 멈췄다.

빨강 신호등이었다.

때때때……

이때, 뚱뚱한 사내가 운전하는 작은 스쿠터 한 대가 오토바이 옆에 머리를 마주 댔다.

꼭 세퍼트와 치와와가 함께 서 있는 듯한 모습이었다.

툭!

라이더 앞에 조그만 사각 봉투 하나가 놓였다.

사각 봉투는 라이더 품속으로 사라졌다.

뒤이어, 스쿠터를 타고 있던 사내가 오토바이 라이더에게 작은 무전기 하나를 던졌다. 사내가 무전기를 가슴에 꽂으라는 손짓을 했다.

라이더가 지체없이 무전기를 가슴 주머니에 착용했다.

─〈다나오스〉의 문입니다.

무전기에서 나지막한 음성이 터졌다.

"......!"

푸른 신호등으로 바뀌었다.

부우우웅! 때때때!

오토바이가 천천히 달려가고 스쿠터가 뒤를 쫓아갔다.

─이해하십시오. 김 회장님! 저희 업종에는 워낙 벌레들이 많아서 식당이나 커피숍 같은 데서 편하게 말씀드릴 수가 없습니다. 전화나 휴대폰 따위는 아예 사용할 수가 없고요. 얼마나 도청을 해대는지 제 전화는 동네 전화랍니다.

"훗!"

무전기에서 음성이 터지자 오토바이 라이더가 짧은 웃음을 토했다.

─물어보실 말씀이 있으시면 그냥 편하게 말씀하시면 됩니다. 무전기와 제 헤드셋이 연결돼서 아주 잘 들리거든요.

다시 스쿠터와 오토바이가 머리를 나란히 했다.

─먼저 김 회장님께서 의뢰하신 건에 대하여 간략하게 보고 드리겠습니다. 물론 보고서에는 아주 상세히 기록돼 있습니다.

라이더가 가슴에 꽂은 무전기에서 나직한 음성이 들렸다. 라이더가 아닌 다른 사람은 쉽게 들을 수 없는 목소리였다.

─김철수 박사께서는 서울대학교 공과대학 화학공학과 2학년 때 미국으로 유학을 가 MIT를 졸업하고 미국 방위산업체로 유명한 ㈜ACM에 근무하시다가 한국 정부의 초청에 의해 KIST교수로 귀국하셨습니다. 이후 75년도에는 미 국방성이 초청을 해서 다시 도미하셨구요. 85년도에 살해되셨습니다. 이 사실들은 틀림없습니다. 제가 미 대사관에 끈이 좀 있어서 직접 서류들을 확인했습니다.

"⋯⋯."

─그리고 김철수 박사께서 연구소에서 사용하시던 모든 사물은 미 국방성에서 직접 남해의 본가로 부쳤습니다. 제가 남해 본가에 가서 사물들을 확인했습니다. 박스조차 열지 않은 채 아주 잘 보관돼 있더군요.

"⋯⋯!"

계속해서 무전기에서 나직하면서도 정확한 발음의 음성이 빠르게 터져 나왔다.

때때때⋯⋯.

이번에는 스쿠터가 자연스럽게 오토바이를 앞질러 갔다.

─궁금해하시던 김철수 박사의 외아들인 김용호 씨는 해군특수전여단 교육대 교관으로 근무하고 계셨습니다. 고교를 졸업하지마자 해병대를 지원해서 군에 입대한 것을 보면

김철수 박사의 사건에 충격을 받은 것으로 짐작됩니다. 현재 결혼을 하셔서 슬하에 일남일녀를 두고 있습니다. 아주 행복하게 살고 계시더군요. 부부 금슬도 좋으시고! 또 김남수 씨의 아들인 김용주 씨는 경찰대학을 나와 현재 서울시경찰청 형사기동대장으로 근무하고 있었습니다. 현재 계급은 경감입니다.

"……!"

─참 김용주 씨는 가을쯤 결혼하실 모양이더군요. 신부는 경찰대학 후배인 동향 아가씨였습니다. 성질은 좀… 쩝쩝! 남자가 많이 아깝더군요. 김 경감님은 체격도 좋으시고 성품도 그만인 분…….

"후후후!"

부우웅웅!

이번에는 오토바이가 앞장을 서고 스쿠터가 뒤를 따라갔다.

─기타 사항은 보고서를 보시면 쉽게 이해하실 겁니다.

"수고하셨어요. 문 사장님. 계좌 확인해 보세요. 보너스 좀 넣었습니다."

오토바이를 탄 라이더가 마치 독백을 하듯 허공에 향해 말을 뱉었다.

─아이구! 황공합니다, 김 회장님. 피 전무한테 술을 왕창 사야겠네요. 또 시키실 일 있으시면 언제든지 연락주십시오.

조심해 가십시오.

떼떼때…….

스쿠터가 나름 빠르게 달려가면서 오토바이와 머리를 나란히 했다.

"저기… 그 녀석 얼마나 주셨습니까? 정말 빵 소리 나는데요!"

"난 몰라요. 피 전무가 줘서 그냥 타고 다니는 거예요."

이제 중요한 용건이 끝난 듯 스쿠터를 탄 사내와 오토바이를 탄 라이더가 나란히 달려가며 다정하게 대화를 나눴다.

"제가 오토바이에 대해서 좀 아는데 그 녀석… 2억 이상은 먹었습니다…….

"2억요? 얘가요?"

"크크크! 그 녀석을 보니까 피 전무가 김 회장님을 어느 정도 생각하는지 알겠습니다. 엔진이나 보디 타이어까지 세계 탑 클래스의 제품을 골라서 김 회장님 체형에 맞춰 제작했네요. 세계에 딱 한 대밖에 없겠군요!"

"헤에… 피 전무가 무리했네?"

"참고로 제 스쿠터는 아들 놈에게 20만 원 주고 뺐었습니다."

"후! 고생하셨네요, 먼저 갈게요!"

부우우웅!

2억 원짜리 오토바이가 20만 원짜리 스쿠터가 답답하다는 듯 번개처럼 추월을 하면서 총알같이 날아갔다.

2억 원 이상을 먹은 녀석이 한국 외한은행 본점과 중앙우체국을 들려 꼭 두 시간 만에 명동 입구에 도착했다.

오토바이는 지체 없이 나라은행 빌딩 지하주차장으로 들어갔다.

끼익!

오토바이가 멈추고 라이더가 헬멧을 벗었다.

채나였다.

채나는 어느 정도 군자금(軍資金)이 만들어지자 조용히 〈재미과학자 김철수 박사 일가족 피살사건〉을 다시 조사하기 시작했다.

*　　　*　　　*

채나의 오토바이보다 오 분쯤 앞서 나라은행 빌딩 21층에 있는 ㈜SIS 서울 인터내셔널 서비스에 근무하는 김 부장이 주차장에 차를 세우고 급히 내렸다.

서울역에서 손님을 기다리고 있을 때 프랑스 대사관에서 근무하는 고객에게 지난번에 구매해 준 냉장고가 고장 났다는 연락을 받았기 때문이었다.

"빌어먹을! 어떻게 산 지 한 달도 안 된 냉장고가 속을 썩이지?"

김 부장이 한 손에 서류봉투를 든 채 짜증스럽게 자동차 문을 닫았다.

"겨우 돈 5만 원 먹고 참……."

김 부장이 머리를 북북 긁으며 걸어갔다.

㈜SIS는 우리나라 실정에 어두운 주한외교 사절이나 외국계 회사원들을 상대로 비행기 표부터 빌딩까지 무엇이든 구매를 대행해 주고 수수료를 챙기는 회사였다.

김 부장이 냉장고 같은 가전제품들을 외국인 고객들에게 구매해 주고받는 수수료는 대리점 가격에서 고작 2%에서 3%였다.

한 달 전 김 부장은 최신식 투 도어 냉장고를 구매해 주고 수수료로 팁까지 포함해 5만 원을 받았다. 그리고 이태원에 있는 프랑스 고객의 집을 두 번이나 방문했다.

덕분에 교통비하고 밥값으로 4만 원이 들어갔다.

오늘 다시 이태원을 가면 적자다.

이렇게 가전제품이나 가재도구 등을 구매해 주면 적자가 날 때가 한두 번이 아니다.

그래도 김 부장은 열심히 구매해 준다. 일종의 서비스요, 훗날을 위한 투자였기 때문이다.

밑밥을 열심히 뿌리다 보면 언젠가 대어가 걸리게 마련이다.

그 대어가 지금 오토바이를 타고 왔다.

두두두둥!

김 부장이 주차장에 있는 엘리베이터 쪽으로 걸어가다 아무 생각도 없이 엔진 소리가 들리는 곳을 쳐다봤다.

"와우! 오토바이 끝내주네. 족히 2억은 먹었겠다."

김 부장은 직업이 직업이다 보니 대한민국에 나오는 상품들 라면부터 빌딩까지 그 가격을 줄줄이 꿰었다.

특히 외국인들이 선호하는 최고급 오토바이 가격을 맞추는 것은 일도 아니었다. 김 부장이 잠시 부러운 눈초리로 쳐다보다가 몸을 돌렸다.

"……!"

그리고 어떤 생각이 난 듯 다시 황급히 고개를 돌렸다

또박또박!

검은 가죽 재킷을 걸친 채 가죽 부츠를 신고 한 손에 헬멧을 든 채나가 주차장 저편에서 걸어왔다.

"채, 채나 씨? 김채나 씨?!"

김 부장이 작년에 돌아가신 어머님이 살아 돌아온 것만큼이나 반가운 얼굴로 채나를 불렀다.

"김 부장님?"

채나가 미소를 띠며 김 부장을 쳐다봤다.

"허이이구! 정말 김채나 씨였네요? 요즘 많이 바쁘시죠? 반갑습니다. 정말 반갑습니다. 채나 씨!"

"네!"

김 부장과 채나가 반갑게 악수를 나눴다.

채나는 김 부장이 잊으래야 잊을 수 없는 사람이었다.

이제는 대한민국 국민, 아니, 전 세계인들이 다 아는 세계적인 가수요, 사격선수였지만 지난 이월 달만 해도 김 부장은 채나라는 존재에 대해 전혀 몰랐다.

그저 자그맣고 예쁘장한 울보 아가씨로만 알았다.

자고 깨면 달라지는 것이 사람이라고 하더니 채나가 바로 그랬다.

잠깐 슈퍼에 가서 껌 한 통 사 가지고 왔더니 슈퍼스타가 돼 있었다.

지금도 김 부장은 친구들과 어울리면 채나 얘기를 했다.

자신이 직접 숟가락 하나부터 자동차 집까지 모조리 챙겨 줬고 특히 채나가 거침없이 차가운 강물에 뛰어들어 헤엄을 칠 때 보통 사람이 아니라는 것을 확신했다고!

또 ㈜SIS의 오너인 오세영 사장과 술이라도 한잔하면 주 메뉴가 채나였다.

"아, 아니, 근데 대한민국, 아니, 세계에서 제일 바쁘신 분께서 여긴 웬일이십니까? 혹시 제가 보고 싶어서 오신 건 아니시죠?"

김 부장이 환하게 웃으면서 물었다.

"네! 김 부장님하고, 오 사장님을 뵈러 왔어요."

"허… 정말이신가요?"

채나의 대답에 김 부장이 믿어지지 않는 듯 눈을 껌뻑이며 채나를 바라봤다.

"부탁드릴 일이 좀 있어서요."

"오오오! 알겠습니다. 일단 사무실로 올라가시죠. 채나 씨!"

부탁드릴 일이 있다는 채나의 말을 듣는 순간 김 부장의 머릿속에서 번쩍하며 오백 촉짜리 LED 전구가 켜졌다.

파르르…….

김 부장이 채나와 함께 엘리베이터에 올라 21층 버튼을 누를 때 자신도 모르게 손이 떨렸다.

엄청나게 큰 건! 초대박의 느낌이 왔기 때문이다.

지난 이월에 장장 미화 600만 불의 매출을 올려준 VIP 고객!

수수료만 4억 원 이상을 지불한 이 VIP가 VVIP가 돼서 다시 자신을 찾았다. 부탁할 일이 있다는 힌트와 함께!

오늘 업무는 이것으로 땡이다.

프랑스 고객의 냉장고에 들어 있는 음식들이 모조리 썩어도 어쩔 수 없었다.

지금 앞에 서 있는 사람은 냉장고 천 대를 구매해 주고받는 수수료보다 훨씬 많은 수수료를 지불한 초우량 고객이었다.

톡톡톡!

김 부장이 휴대폰을 눌렀다.

오세영 사장에게 VIP를 마중 나오라는 전화였다.

띵똥!

엘리베이터 문이 열렸다.

"하하하! 어서 오십시오. 김채나 씨! 다시 찾아주셔서 정말 감사합니다."

"네! 오 사장님."

오세영 사장이 예쁜 유니폼을 걸친 여자 직원 두 명과 함께 엘리베이터 앞에 서서 반갑게 인사를 했다.

"하하하! 여기 계신 김채나 씨가 저하고 김 부장을 태우고 비포장도로를 카레이서처럼 달리시던, 세계 사격계에 신으로 군림하고 계시고, 가수로서 세계 가요계를 벌컥 뒤집어놓은 그분들하고 같은 분 맞나요?"

"후… 세계까지는 모르지만 사장님이 알고 있는 김채나는 맞아요."

"하하하! 그렇군요? 언젠가 다시 뵐 기회가 있으면 꼭 여쭤보고 싶었습니다."

"아마 그동안 김채나 씨 귀가 많이 간지러웠을 겁니다. 저하고 사장님이 워낙 얘기를 많이 했으니까요. 으흐흐!"

"자자자! 사무실로 들어가시지요."

오 사장과 김 부장이 여직원들과 함께 채나를 데리고 사무실에 들어섰다.

짝짝짝짝! 삑삑삑!

"어서 오세요! 김채나 씨!"

"환영합니다. 우리 SIS를 방문해 주셔서 영광입니다!"

삼십여 명의 남녀 직원들이 일제히 일어서서 박수를 치며 인사를 했다.

채나가 가볍게 목례를 하며 오세영 사장과 함께 사장실로 들어갔다.

뒤이어 김 부장이 여직원들을 향해 손가락으로 V자를 그리며 의기양양하게 따라 들어갔다.

"세상에? 부장님 뻥이 진짜였어! 정말 김채나 씨야, 김채나 씨!"

"아후후! 넘 예쁘다. 귀엽구!"

"완전 인형이야. 인형!"

사무실에 있던 여직원들이 채나 얘기로 침을 튀길 때, 사장실에서 채나 앞에 찻잔을 내려놓던 여직원은 침이 바짝 말랐다.

……

잠깐 ㈜SIS 사장실이 냉수를 뿌린 듯 조용해졌다.

"지, 지금 서울 시내에 있는 빌딩 두 채를 구매해 달라고 하셨습니까? 채나 씨!"

오세영 사장이 말을 더듬으며 다시 한 번 확인했다.

"상가건물이든 사무실 임대 건물이든 상관없어요."

채나가 재차 명확하게 주문을 했다.

"아, 알겠습니다. 한데……."

"힘드신 가요?"

오세영 사장이 말꼬리를 흐리자 채나가 몸을 반쯤 일으키며 질문했다.

"아, 아닙니다! 아닙니다! 전혀, 전혀 힘들지 않습니다! 아시다시피 부동산 구매가 우리 회사의 주업종입니다. 거액의 물건을 두 건씩이나 말씀하셔서 당황했을 뿐입니다."

오세영 사장이 황급히 손사래를 치며 솔직하게 말했다.

"확인해 보세요, 김 부장님!"

채나가 다시 자리에 앉으며 두툼한 봉투 하나를 김 부장에게 내밀었다.

"……!"

봉투를 열어보던 김 부장의 눈이 수박만큼 커졌다.

"모두 200억 원! 한국외환은행에서 발행한 10억 원짜리 무기명 현금통화 증권 CD 스무 장입니다."

김 부장이 봉투 속에서 스무 장의 현금통화증권을 꺼내 놓았다.

"두 분이 보시고 괜찮은 물건이라고 판단되시면 즉시 그 돈으로 계약하세요. 그다음에 연락주시구요."

"아, 아! 예예예! 그렇게 하겠습니다."

노련한 오세영 사장이 채나의 번개보다 반 박자쯤 빠른 성격을 눈치채고 지체없이 대답했다.

"그럼 다음에 뵐게요."

채나가 오세영 사장의 대답이 채 끝나기도 전에 일어섰다.

"그냥 가시려구요?! 지금부터 여러 가지 서류를 만들어야……"

"차값도 계산하셔야 되구요. 우후후후!"

찻잔을 놓고 나갔던 여직원이 함박웃음을 지으며 채나 얼굴이 그려진 대형 브로마이드 화보와 굵직한 매직을 든 채 서 있었다.

"성함이?"

"고숙경이에요."

여직원이 아주 예쁘게 대답했다.

예쁜 고숙경 씨! 늘 응원해 줘서 고마워요. 행복하세요. 김채나.

채나가 화보 위에 매직으로 덕담을 쓰고 멋지게 사인을 했다.

"아후후후… 정말? 글씨도 예술이다!"

여직원이 채나가 사인을 해준 화보를 쳐다보며 얼굴을 붉히며 어쩔 줄 몰라 했다.

"차 잘 마셨어요, 고숙경 씨! 다음에 봐요."

"녜녜녜! 안녕히 가세요."

채나가 여직원의 배웅을 받으며 사장실을 나갔다.

채나가 건물 두 동을 사달라고 하면서 오세영 사장에게 200억 원을 놓고 가기까지 채 열 마디 말도 하지 않았다.

채나의 평소 성격 그대로였다.

…….

오세영 사장과 김 부장은 채나가 나간 뒤 십여 분 동안이나 말을 하지 못했다. 어떤 말을 먼저 해야 할지 생각이 나지 않았기 때문이다.

김 부장이 먼저 침묵을 깼다.

"오 분 삼십 초! 김채나 씨가 이 사장실에 들어와 200억 원짜리 봉투를 놓고 미스 고에게 사인을 해준 후 저 문을 나가기까지 걸린 시간입니다."

"택배 기사가 왔었군."

오세영 사장이 쓴웃음을 지었다.

"아마 우리 일이 마음에 안 들면 200억 원짜리 봉투는 퀵서비스로 사라질 겁니다. 일 분 삼십 초쯤 걸려서!"

"그래! 아까 힘드냐고 물어볼 때 이미 채나 씨 몸이 반쯤 일어났더군."

"저는 그때 채나 씨가 나가는 줄 알았습니다. 제 떨어진 심장을 주워 들고 말입니다."

"자네는 지금부터 모든 업무를 중단하고 이 일에만 전적으로 매달리게. 가장 빠른 시간 내에 가장 좋은 빌딩을 찾아내게!"

"알겠습니다. 사장님!"

오세영 사장은 ㈜SIS를 설립한 이래 가장 큰 건을 청부받았고 가장 까다로운 고객을 만났다.

200억 원짜리 봉투를 던져 주면서 영수증 한 장 받지 않는 고객은 둘 중 하나였다.

대박 아니면 쪽박!

한 번 신용하면 끝까지 밀어주고, 한 번 불신하면 바람처럼 떠난다.

2장

국민배우 빅마마

올해 초 2002년 1월 대한민국 연예계에는 엄청난 지각변동
이 있었다.

우리나라 연예기획사 중에 원톱인 ㈜P&P 엔터테인먼트가
서열 일곱 번째인 ㈜예음을 인수 합병했던 것이다.

톱가수 7명, 톱 탤런트 10명, 중견 배우 25명, 아이돌 그룹
〈사천왕〉과 걸그룹 〈아가씨〉 등, ㈜예음에 소속된 연예인들
뿐만 아니라 사무실이 있는 충무로 빌딩과 책상 하나 볼펜 한
개까지 깡그리 사들였다.

올해부터 대한민국의 연예계를 지배하는 조직은 KBC나
MBS, DBS 같은 메이저 방송사가 아니라 ㈜P&P였다.

바야흐로 ㈜P&P는 대한민국 연예계에 적수가 없는 킹콩이었다.

그 ㈜P&P에서 운행하는 백여 대의 차량 중에 단 한 대밖에 없다는 초대형 리무진 버스가 노란 수은등 아래 아카시아 꽃향기가 물씬 풍기는 서울 외곽순환도로를 달려가고 있었다.

차창을 검은색으로 선텐한 이 옅은 하늘색 버스의 정면에는 궁중 대례복을 걸친 왕비가 로고처럼 붙어 있었고 ㈜P&P 엔터테인먼트라는 글씨가 필기체로 새겨져 있었다.

㈜P&P의 간판스타인 국민배우, 일명 빅마마로 불리는 박지은의 전용차량이었다.

이 버스는 박지은이 지방이나 야외촬영을 갈 때 주로 이용했는데 주인의 편리를 위해 내부를 약간 개조했다.

전면에는 다리를 뻗고 쉴 수 있는 리클라인 장치가 돼 있는 일인용 의자 세 개와 이인용 의자 세 개가 놓여 있었고, 후면은 화장실과 샤워장 취사장에 침실까지 갖춘 전형적인 원룸으로 돼 있었다.

한마디로 움직이는 오피스텔이었다.

이 오피스텔은 한 시간 전쯤 남한산성에서 〈태황비(太皇妃)〉의 마지막 촬영을 끝낸 빅마마 박지은을 싣고 쫑파티에 참석하기 위해 DBS 본사가 있는 일산으로 달려가고 있었다.

실내등이 은은히 켜 있는 버스에는 운전기사까지 포함해 네 명의 남자와 네 명의 여자가 타고 있었는데, 이들은 모두

㈜P&P의 직원들로 박지은을 그림자처럼 쫓아다니는 스탭들이었다.

모두 피곤한 듯 눈을 감은 채 쉬고 있었다.

'후와… 연필신이 많이 컸네. 언제 또 이 프로를 꿰찼지? 이거 두 시간짜리 프론데!'

크리스털 브로치가 달린 군청색 정장을 걸친 샤프한 외모의 전형적인 이십대 캐리어 우먼이 헤드폰을 낀 채 좌석에 몸을 깊숙이 묻고 라디오를 듣고 있었다.

박지은의 매니저 노민지였다.

—DBS FM 〈연필신의 좋은 음악 좋은 노래〉 지금 출발합니다.

FM방송에서 씩씩한 연필신의 음성이 흘러나왔다.

노민지가 미소를 지으며 라디오볼륨을 높였다.

—지난 시간에 청취자 여러분들께 약속드렸죠? 오늘 여러분들이 깜짝 놀랄 게스트 한 분을 모시겠다고!

"꺄우우우! 김채나다, 김채나야!"

"맞아! 연필신이 저렇게 얘기하면 분명 김채나야."

연필신의 멘트가 끝나자마자 노민지의 옆 이인용 의자에 앉아 헤드폰을 나눠 낀 채 라디오를 듣고 있던 맹오순 스타일리스트와 이동자 코디네이터가 자신들도 모르게 소리를 질렀다.

"쉿!"

노민지가 손가락으로 입을 막으며 주의를 줬다.

"죄, 죄송해요. 부장님!"

맹 스타와 이 코디가 얼른 사과를 하고 입을 다물었다.

맹 스타와 이 코디가 비록 박지은의 스텝으로 일하고 있었지만 이들도 노래와 댄스를 좋아하는 이십대 초반의 평범한 숙녀들이었다.

대한민국에 쫙 깔린 채나교도의 일원이었고.

—히히! 이미 눈치 빠른 청취자들은 짐작하셨을 거예요. 자아… 연필신의 〈좋은 음악 좋은 노래〉 첫 번째 게스트 첫 번째 손님은 외계인 가수.

"끼약! 우욱……."

라디오 방송에서 연필신이 채나를 소개할 때 이 코디가 또 탄성을 지르자 맹 스타가 잽싸게 입을 막았다.

—인사하세요, 김채나 씨!

이 코디와 맹 스타가 얼굴이 붉어진 채 라디오에 귀를 기울였다.

—저 김채나 씨! 청취자 분들께 인사 좀 하시죠?

연필신의 톤이 높아졌다.

—김채나 씨! 인사 좀 하라니까요?

연필신의 목소리가 더욱 올라갔다.

"쿡쿡! 연필신이 열 받았어."

"킥킥! 이 돼지 김채나가 또 뭐 먹고 있나 봐?"

이 코디와 맹 스타가 생쥐 소리로 대화를 나눴다.

—야, 김채나! 인사하라고? 그 짜장면 좀 있다 먹고!

—우띠! 아, 아녀하세여. 낌채납니다.

연필신이 빽 소리를 지르자 채나가 입에 뭔가 물고 있는 듯 말을 더듬었다.

"까르르르르!"

맹 스타와 이 코디, 노민지가 그대로 넘어갔다.

"아후후후! 진짜 김채나 사람 미치게 만들어?"

이번에는 노민지가 눈물을 닦으며 목소리를 높였다.

"짜장면 먹고 있는 그림이 딱 그려져요. 얼굴 여기저기 시커먼 장을 잔뜩 바르고 큭큭큭!"

"정말 김채나 사람 여러 번 죽여요! 노래로 귀요미로 엉뚱함으로."

이 코디와 맹 스타가 맞장구쳤다.

"뭐가 그렇게 재밌어? 민지야!"

그때, 뒤에서 아주 청아한 음성이 들려왔다.

"아, 네! 이사님. FM 방송에 김채나 씨가 나왔어요.

노민지가 헤드폰을 벗으며 벌떡 일어서서 대답했다.

"정말? 헤드폰 줘 봐!"

긴 생머리에 맨티를 걸치고 붉은색 쫄 바지를 입은 이십대 여성이 걸어 나오며 반색을 했다.

국민배우 빅마마 박지은이었다.

노민지가 박지은을 처음 만난 것은 초딩 일학년 때였다. 박지은은 초딩 사학년이었구!

그때부터 지금까지 붙어 다닌 덕분에 노민지는 박지은의 속옷 사이즈까지 다 알았다.

근데, 요즘 박지은이 가수 김채나에게 열광하는 이유는 아직 몰랐다. 노민지가 아는 박지은은 소속사 가수들 이름조차 모를 정도로 대중가요하고는 거리가 먼 사람이었다.

모차르트나 슈베르트가 작곡한 클래식 음악을 즐겨 들었고 미국의 유명한 지휘자 레나드 번스타인을 좋아했다.

그런 박지은이 몇 달 전부터 김채나라는 가수에게 열광했다.

지금도 김채나가 연필신이 진행하는 프로에 나온다는 것을 알고 피곤에 지친 몸을 억지로 깨워 나왔음에 틀림없다.

"응… 음악만 나오네?"

박지은이 헤드폰을 낀 채 입을 삐쭉거렸다.

"조금만 기다려 보세요. 이사님! 곧 나올 거예요. 게스트로 나왔거든요."

노민지가 한쪽 헤드폰을 귀에 대며 대답했다.

"후후! 채나 나왔다."

박지은의 얼굴이 환하게 바뀌었다.

'정말 볼수록 신기하네. 김채나 목소리만 듣고도 저렇게 좋아하다니 완전 광팬이야!'

노민지가 고개를 갸우뚱했다.

─김채나 씨! 이 〈히어로〉를 작곡할 때 몇 가지 에피소드가 있었다면서요?

─네! 제가 대학 일학년 때였어요. 사격 시합이 있어서 보스턴에 갔었거든요.

라디오에서 연필신과 김채나가 대화를 나눴다.

"대학 일학년 때? 그럼 〈히어로〉를 오 년 전에 작곡했구나."

박지은이 헤드폰을 낀 채 중얼거렸다.

'참나! 줄줄이 꿰네? 어쨌든 다행이야. 언니가 김채나를 좋아하면서 굉장히 밝아졌어.'

노민지가 미소를 띠며 박지은을 지켜봤다.

─땅거미가 지는 저녁 무렵이었는데… 근데 이 통닭 왜 이래?

─자, 잠깐 김채나 씨! 흥분하지 마시고?

채나의 목소리가 갑자기 올라가자 연필신이 급히 진정시켰다.

"후후후! 화제가 보스턴에서 갑자기 통닭으로 옮겨갔어."

박지은이 채나가 씩씩대는 목소리를 들으며 웃었다.

"킥킥킥! 딱 걸렸다. 김채나가 얼마나 양을 따지는데?"

"깔깔깔! 보나마나 닭다리 한두 개가 부족한 거야."

맹 스타와 이 코디가 귀를 세운 채 맞장구쳤다.

―야! 지금 흥분 안 하게 생겼냐? 이 통닭을 보라고!

―바, 바보야! 방송 중이잖아?

―방송이 문제야. 분명 양념통닭 다섯 마리를 시켰잖아. 그럼 다리가 열 개가 있어야지 왜 아홉 개야? 장애 닭을 잡은 거야? 뭐야?

"까르르르―"

박지은 등이 다시 뒤집어졌다.

―죄송합니다. 잠시 통닭… 아니, 광고 듣고 다시 오겠습니다.

연필신이 황급히 마무리했다

"킥킥킥! 연필신 급했다. 통닭 듣고 다시 온대?"

"큭큭! 장애 통닭? 진짜 김채나 졸라 웃겨."

이 코디와 맹 스타가 마주보며 죽겠다고 웃어댔다.

"후후후!"

박지은이 웃으면서 헤드폰을 벗었다.

노민지가 맹 스타에게 눈짓을 했다.

맹 스타가 잽싸게 헤드폰을 벗으며 커피 향이 은은히 풍기는 찻잔을 가지고 왔다.

"고마워! 맹 스타."

박지은이 미소를 띠며 찻잔을 받았다.

"왜 벌써 일어나셨어요? 아직 삼십 분은 더 가야 되는데."

노민지가 손수건으로 박지은의 눈가를 닦아주며 말했다.

"너무 힘들었나봐? 자꾸 자다가 깨."

"어휴… 이틀 동안이나 철야하셨으니 당연하죠!"

박지은이 커피 잔을 든 채 의자에 주저앉자 노민지가 안타까운 얼굴로 말을 받았다.

"그래도 일어나길 잘했어. 채나 목소리를 들으니까 피로가 사라졌어!"

"네에! 정말 굉장한 가수예요. 다음 이사님 작품 시사회 때 꼭 초청해야 되겠어요."

"후후후! 그러자구."

박지은이 커피 잔을 든 채 활짝 웃었다.

이런 부분!

가수 김채나가 출현하고부터 언니의 달라진 점이다.

예전에 언니는 왠지 모르게 웃음 속에도 항상 어둠이 깔려 있었다.

지금은 그 어둠이 사라졌다.

정말 언니 때문에 먹고사는 나는 김채나를 업어주고 싶다.

반짝!

한순간, 버스 안이 환하게 밝아졌다.

지금 버스 안이 밝아진 이유는 두 가지였다. 첫 번째 이유는 방금 켜진 전등 때문이었고 두 번째는 이유는 빅마마 박지은이 나타나 조용히 앉아 있었기 때문이었다.

국민 배우 박지은은 그런 여자였다.

찻잔을 든 채 가만히 앉아 있기만 해도 주위를 환하게 밝히는 빛과 같은 여자!

계란형 얼굴에 쌍꺼풀이 예쁘게 진 큼직한 눈, 긴 속눈썹, 상아로 깎아놓은 듯한 오뚝한 코와 체리빛 입술에 우유빛 피부까지.

우리 동화 속에 나오는 기품이 넘치는 미녀 공주!

바로 동양제일미인(東洋第一美人)이라는 여배우의 모습이었다.

"아까 유 전무님이 준 거… 꺼내 봐."

박지은이 찻잔을 내려놓으며 노민지에게 말했다.

"네! 잠깐만요. 이사님!"

노민지가 맹 스타에게 찻잔을 건네주며 메고 있던 핸드백을 열었다.

"얼마나 들었디?"

"100만 원권 수표로 스무 장, 모두 2,000만 원이었습니다."

"일단 한 장만 줘."

박지은이 천천히 의자에서 일어났다.

국립 서울대학교 경영학과와 동 대학원을 졸업한 수재 중에 수재인 국민 배우 박지은은 어릴 때 자폐증세가 있어 부모가 고심 끝에 연기학원에 보내자 그 증세가 깨끗이 사라졌다는 운명적인 배우였다.

아역배우로 출발해 올해 배우 경력 이십이 년 차인 박지은은 왕비, 공주 등 마마 역할에만 열아홉 번이나 캐스팅 돼 팬들은 박지은을 〈빅마마〉라 불렀다.

또 ㈜P&P의 지분을 무려 34%나 갖고 있는 법으로 등록된 이사였기에 연예계 사람들은 '박 이사' 라고 호칭했다.

"운전하시느라 수고하셨어요. 한 기사님 여기……."

박지은이 100만 원권 수표 한 장을 운전석 앞에 놓았다.

"어이쿠! 이거 고맙습니다. 박 이사님."

운전기사가 백미러로 박지은을 바라보며 인사를 했다.

"그동안 도와주셔서 고마워요. 보너스를 좀 드릴게요."

박지은이 운전석 앞에 서서 스탭들에게 치사를 했다.

"끼약! 우리 이사님 캠 짱!"

"성은이 망극하옵니다. 마마!"

이 코디와 맹 스타가 환호성을 터뜨렸다.

"고생하셨어요. 육 실장님!"

박지은이 곰보자국이 있는 우람한 덩치의 사십대 사내 육 실장에게 수표 석장을 건넸다.

"잘 쓰겠습니다, 이사님!"

육 실장이 자리에서 일어나 정중히 허리를 접었다.

㈜P&P의 육명천 경호실장. ㈜TNT의 피대치 전무와 함께 연예계 양대 주먹으로 알려진 사내였다.

"김 대리와 이 대리도 받고."

"감사합니다, 이사님!"

박지은이 100만 원권 수표 한 장씩을 두 명의 이십대 사내에게 건네줬다. 육 실장과 함께 박지은을 호위하는 경호원들이었다.

"이 코디와 맹 스타도 수고했어."

"아휴! 저희야 뭐……."

"이사님이 진짜 고생하셨죠!"

이 코디와 맹 스타가 얼굴을 붉히며 인사를 했다.

라면 한 개에 300원 짜장면 하나가 1,500원에서 2,000원쯤 할 때니까 100만 원이면 얼마나 큰돈인지 짐작할 수 있을 것이다.

지금 박지은이 스탭들에게 나눠준 돈은 박지은이 가구 CF를 찍으면서 받은 런닝 개런티의 일부였다.

즉, 박지은이 모델로 활동하면서 엄청난 판매 신장을 가져오자 ㈜해오라기 퍼니처에서 모델료와는 별도로 지급한 일종의 보너스였다.

그 개런티를 봉투도 없이 서슴없이 스탭들에게 나눠줬던 것이다.

이것이 바로 국민배우 박지은의 호방한 성품이었다.

팬들이나 매스컴에서 익히 아는 빅마마의 성격.

"잠깐 TV에서 봤는데 〈사랑의 천사〉라는 프로에서 불우아동돕기 모금을 하더라구. 거기하고 몇 군데 적당히 좀 보내줘!"

"알겠습니다. 이사님!"

"나머지는 어머님 댁 냉장고 좀 바꿔드리고… 알았지?"

"네! 이사님."

노민지가 감격한 음성으로 대답했다. 지금 어머님은 노민지의 엄마를 가리키는 말이었기 때문이다.

"도저히 찝찝해서 안 되겠어. 샤워 좀 하자. 민지야!"

박지은이 자리에서 일어났다.

"네! 준비하겠습니다."

노민지가 날아갈 듯 박지은을 따라갔다.

이 코디와 맹 스타가 길게 한숨을 쉬었다.

방금 본의 아니게 박지은과 노민지의 대화를 들었던 것이다.

뭐 지난 삼 년 동안 여러 번 듣고 봤던 장면이었지만 오늘따라 괜히 심통이 나서 입이 튀어나왔다.

올해 만 서른 살, 한국 나이로 서른한 살인 박지은은 이미 삼 년 전에 〈알콜 맘마〉라는 영화에서 주연을 맡아 베니스, 칸느, 로마, 베를린 등 세계 유명 영화제에서 여우주연상을 휩쓴 세계적인 배우였다.

이 대배우에게 아주 가까운 측근들이 아니면 절대 눈치챌 수 없는 비밀스러운 성품이 하나 있었다.

어릴 때 자폐증을 앓아서 그런지 친해지기가 지독하게 어럽다는 것이다.

그 어떤 사람에게도 좀처럼 마음의 문을 열지 않았다.

이 코디와 맹 스타는 벌써 삼 년 동안이나 밤낮으로 박지은을 쫓아다니며 일을 했다.

그동안 박지은은 어떤 경우에도 짜증을 내거나 목소리 한 번 높인 적이 없었다.

그저 가볍게 미소를 띠고 부드럽게 말을 했다.

어떻게 보면 정말 모시기 쉬운 상사였다. 전혀 화를 내지도 어떤 잔소리조차 하지 않았으니 또 지금처럼 수시로 보너스를 줬으니 얼마나 좋은 상사인가?

하지만 단 한 사람, 매니저인 노민지에게는 예외였다.

어느 때는 노민지에게 짜증도 내고 막 화를 내기도 했다. 또 어느 때는 친구처럼 깔깔대며 수다도 떨었다.

박지은은 ㈜P&P의 그 많은 스탭 중에서 오로지 노민지 만을 신뢰했다.

지금처럼 몇 천만 원짜리 봉투를 확인조차 하지 않고 던져 줄 만큼!

*   *   *

삑 삑 삑!

〈東海〉라는 일식집 위생복을 걸친 십여 명의 청년이 호루라기를 불면서 〈DBS 태황비 촬영팀〉이라는 현수막이 붙어 있는 대형 버스들을 주차장으로 안내했다.

첫 번째 버스에서 얼굴이 검게 그을린 건장한 체구의 중년 사내가 내렸다.

대한방송사 DBS 드라마본부의 탁병무 국장.

현재 전국 시청률 40%가 넘는 폭풍 같은 인기를 몰아치며 DBS TV 매 주말, 밤 아홉시에서 밤 열 시 삼십 분까지 방영되는 사극 〈태황비〉의 책임 PD 겸 감독이었다.

예능본부의 홍의천 본부장과 함께 실질적으로 DBS를 이끌고 가는 거인으로 올해로 꼭 드라마 감독만 삼십 년째 접어드는 베테랑 중에 베테랑이었다.

탁병무 국장이 시계를 봤다. 밤 열 시 삼십 분이었다.

"뭐야? 우리보다 일찍 출발했는데 왜 아직 안 와!"

"그 한 기사가 상당히 조심스럽게 운전을 하더군요. 곧 도착할 겁니다. 국장님!"

태황비의 조연출자로 〈우스타〉의 백 부장과 입사 동기인 문종욱 PD가 대답했다.

이때 저편에서 예의 왕비 로고가 붙어 있는 박지은이 탄 리무진 버스가 주차장으로 들어왔다.

"박 이사 차입니다. 국장님!"

"그래! 나도 봤어."

탁 국장과 문 PD가 박지은이 탄 버스를 바라봤다.

"와아아아! 빅마마야."

"삑 삑 삑… 지은이 누나 차야!"

호루라기를 불면서 주차 안내를 하던 알바생들이 환호성을 질렀다.

"핫핫핫! 참 저놈의 인기는 하늘 높은 줄을 모르네. 가자! 쟤들 사인해 주려면 앞으로 한 시간이다."

"예! 국장님."

탁 국장이 쓴웃음을 지으며 돌아섰다.

문 PD와 김 PD가 뒤를 따랐다.

일산의 DBS 본사에서 십 분 거리에 위치한 이 〈동해〉라는 일식 뷔페식당은 연예인들이 유난히 많이 드나들었다. 음식도 정갈했지만 뭐니 뭐니 해도 영업방침이 연예인들과 딱 맞았다.

연중무휴 스물네 시간 영업을 했기 때문이다.

더욱이 백 석짜리 홀부터 오백 석짜리 홀까지 다양하게 갖추고 있어서 단체 회식하기에 더없는 장소였다.

"어서 오십시오, 탁 국장님!"

"오랜만에 뵙겠습니다, 국장님!"

탁 국장이 홀에 들어서자마자 〈동해〉의 총지배인인 박 실장과 김 과장이 정중히 인사를 했다.

"오랜만? 이 사람아! 나흘 전에 왔는데 무슨 오랜만이야?"

"헤헤! 작년까지만 해도 하루에 두 번씩 오셨잖습니까? 새벽에 점심에 어떤 날은 저녁에도 오시고."

"핫핫핫! 그랬나? 하긴 그때는 〈태황비〉 기획 때문에 인간들 만나느라 정신이 없었지."

탁 국장이 사람 좋은 웃음을 날렸다.

"정말 죄송합니다. 국장님! 한 시간만 먼저 연락을 주셨어도……."

총지배인인 박 실장이 탁 국장에게 연신 사과를 했다.

"괜찮네! 나도 오늘 종칠 줄은 몰랐어."

탁구장이 손을 저었다.

"〈우스타〉 팀하고 합석하는 거 아닙니까? 박 실장님!"

문 PD가 물었다.

"예! 그렇긴 하지만 꼭 합석도 아닙니다. 오백 석짜리 홀을 두 개로 나눠서 세팅을 했습니다. 긴밀한 대화가 아니시라면 그리 불편하시진 않을 겁니다."

"어서 장소나 안내 해! 밥 한 끼 먹는데 뭐가 그렇게 복잡해?"

탁 국장이 미소를 띠며 채근했다.

"예! 이쪽으로 오시지요. 국장님!"

김 과장이 앞장섰다.

〈우스타〉 7라운드 경연 최종 성적.

1등 김채나, 2등 한미래, 3등 조보라, 4등 블루밴드, 5등 우경하, 6

등 박진호, 최종 탈락자 박진호로 확정됨.

추가추가! 7라운드 중평 전국 시청률 49,7%로 최종집계 됨.

이러다가 진짜 국장님 되시겠어요? 우리 부장님!

〈우스타〉 책임 PD인 백치호 부장이 휴대폰을 꺼내 아까 녹화가 끝났을 때 전태권 PD가 보낸 문자 메시지를 다시 한 번 읽어봤다.

벌써 열 번은 넘게 읽었을 것이다.

'흐흐흐! 중평이 49,7%? 그럼 오늘 녹화한 방송이 나가면 50%가 넘는다는 결론인데? 환장하겠다. 환장하겠어!'

책임PD인 백 부장을 장이 뒤집힐 만큼 〈우스타〉의 시청률이 고공행진을 거듭하는 것은 김채나라는 간판스타가 버티고 있다는 이유도 있었지만 가장 큰 이유는 구색이 맞았기 때문이다.

원일과 남궁수덕이 명퇴를 하고 나가면서 발라드의 여왕이라는 조보라와 대한민국 최고의 밴드라는 이태청이 이끄는 블루밴드가 들어와 채나와 한미래 등과 어울려 무지개 색깔이 됐다.

시청자들이 볼 때는 분명히 〈우스타 시즌2〉였다.

와자지껄!

백 부장이 새삼스럽게 〈우스타〉 7라운드 셋째 주 경연에 참가했던 식구들.

가수들과 매니저 〈우스타〉 스탭들을 다시 한 번 훑어봤다.

백여 명이나 되는 사람이 다다미가 쫙 깔린 홀에 앉아 삼삼오오 모여 술잔을 부딪치며 열심히 먹고 마시고 떠들었다.

백 부장은 모두에게 고마웠다.

특히 채나에게 너무 고마웠다.

'미래를 출연시킬 때가 고비였어! 그때 안티들에게 굴복했다면 이런 결과는 없었을 거야.'

한미래가 젓가락을 든 채 채나 옆에 앉아 열심히 생선회를 집어줬다. 채나는 새 새끼처럼 입을 있는 대로 벌려 받아먹고!

'저 친구 김채나 없었다면 용기를 내지 못했을 거야. 새삼스럽게 고맙네.'

채나는 회식장소인 〈동해〉에 들어와서 지금까지 한마디 말도 하지 않고 먹어만 댔다. 말하는 시간조차 아까웠던 것이다.

피식! 백 부장이 실소를 머금었다.

'정말 저 식성 하나는 노래 솜씨보다 훨씬 부러워!'

이때까지만 해도 백 부장은 채나의 식성만을 부러워했지 채나의 〈우스타〉 출연이 바로 오늘 7라운드가 마지막이 되리라고는 상상조차하지 못했다.

전 PD가 조용히 다가왔다.

"건배 제의 한번 하시죠. 부장님! 구호는 '시청률 백 프로를 위하여' 입니다. 우흐흐흐!"

"으핫핫핫핫! 좋아!"

백 부장이 파안대소를 터뜨리며 벌떡 일어섰다.

"자! 모두 앞에 있는 잔을 채워주시기 바랍니다."

백 부장이 술잔을 높이 든 채 늠름하게 외쳤다.

"시청률 백 프로를 위하여!"

"시청률 백 프로를 위하여—"

백 부장이 선창하자 〈우스타〉 식구들이 잔을 높이 든 채 〈동해〉 횟집이 떠나가라 외쳤다.

"시, 시청률 백 프로??"

김 과장의 안내를 받아 실내로 들어오던 탁 국장과 문 PD 등이 깜짝 놀라 걸음을 멈췄다.

"야! 문 차장. 네 친구 빨리 병원에 데려가 봐라. 쟤 많이 아파!"

"큭큭! 진짜 그래야겠습니다. 얘가 〈우스타〉 맡고 부장되더니 정말 이상해졌어요."

탁 국장과 문 PD 등이 홀 저편에서 술잔을 든 채 인사말을 하는 백 부장을 쳐다보며 농담을 했다.

그때, 백 부장과 전 PD가 탁 국장 일행을 발견했다.

"아아! 됐어됐어! 우리도 회식 있으니까 인사는 내일 회사에서 하자고."

탁 국장이 손을 마구 흔들며 소리쳤다.

"인사할 짬이 있으면 더 열심히 뛰어. 시청률 백 프로를 달성하려면 백 부장이 두 번은 죽어야 돼!"

"하하하! 죄송합니다. 국장님! 요새 제가 막가거든요?"

이어지는 탁 국장의 너스레에 백 부장이 웃으면서 말을 받았다.

"와아아아아!"

갑자기 실내 저편에서 엄청난 함성이 일었다.

"빅마마다! 박지은이야"

"햐아아아… 실물이 훨씬 예쁘네."

"진짜 왕비처럼 후광이 비춰!"

〈우스타〉 식구들이 일제히 탄성을 발했다.

방송사에 나간다고 해서 날마다 유명 탤런트나 유명 가수들을 만날 수 있는 것은 아니었다. 근무하는 부서나 직종이 다르면 연예인들을 좀처럼 구경할 수 없었다.

여기 〈우스타〉 식구들 중에도 박지은의 실물을 본 사람은 스무 명이 채 되지 않았다. 대부분 일반 시청자들처럼 TV나 영화에서 박지은을 만났다. 그래서 환호성을 터뜨린 것이다.

박지은이 가볍게 목례를 하고 노민지와 함께 홀을 걸어갔다.

…….

〈우스타〉 식구들은 주위가 환하게 밝아지는 것을 느꼈다.

국민 배우 박지은은 그런 여자였다.

그저 걸어만 가도 주위를 환하게 밝히는 빛과 같은 여자!

오백 명은 충분이 들어갈 〈동해〉의 별채에 있는 바다 홀에서 〈우스타〉 식구 백여 명과 〈태황비〉식구 이백여 명이 조인트 회식을 하고 있었다.

재미있게도 일본식 다다미가 쫙 깔려 있는 이 넓은 홀을 십장생도가 그려진 열두 폭 병풍이 앙증맞게 경계를 나눠줬다.

뭐 열두 폭 병풍이면 충분했다.

비록 분야가 다른 드라마본부와 예능본부의 출연진들이었지만 같은 방송사 DBS에서 일을 하는 동료들이 분명했으니까!

그리고 〈태황비〉 식구가 〈우스타〉 식구보다 훨씬 많은 것은 〈태황비〉라는 드라마가 시대물, 역사극이었기 때문이었다.

방송사에서 〈태황비〉같은 역사극을 제작하지 않으면 수천 명의 실업자가 생긴다는 유머 아닌 유머가 있다.

아니, 진짜 현실이 그랬다.

간단히 방송사나 제작사 주변을 둘러보자!

하루 벌어 하루 먹고사는 엑스트라 단역배우가 만만찮게 많다.

한데 우리 주위의 신변잡기나 남녀 간의 사랑을 테마로 하는 현대극에는 단역배우들이 낄 자리가 없다.

수천 명의 군인이나 군중들이 나오는 대하드라마는 일 년에 제작되는 편수가 손가락으로 꼽을 정도였고!

하지만 사극에는 수만의 군사가 동원되는 전쟁 장면부터 수백의 장사치가 등장하는 저자거리 풍경까지 비일비재하게 나온다.

때론, 공영 방송사에서는 시청률과 상관없이 실업자 구제라는 정책적인 차원에서 사극을 제작하기도 했다.

사실 지금 〈동해〉 식당의 회식에 참가한 〈태황비〉 식구들은 추리고 추린 정예 멤버였는데도 이백 명이 넘었다.

"정식 쫑파티는 다음 주에 신라호텔 국화홀에서 하겠습니다. 그날 밤새워 뻐꾸기를 날리기로 하고 오늘은 긴말하지 않겠습니다. 그동안 수고들 많이 하셨습니다. 맛있게 먹고 재빨리 찢어집시다."

탁 국장이 일어서서 짧게 인사를 했다.

와글와글.

어느 조직이나 마찬가지지만 회식자리는 처음에는 상하관계없이 어울리다가 시간이 지나면서 어른은 어른들끼리 애들은 애들끼리 뭉치는 게 정해진 공식이다.

〈태황비〉 출연진들도 마찬가지였다.

탁 국장과 문 PD 등이 부랴부랴 식사를 마치고 박지은이 앉아 있는 자리에 합석을 하면서 헤드 테이블이 완성됐다.

노민지는 역시 노련한 매니저답게 박지은의 뒤에 보일 듯 말 듯 앉아 있었다.

육명천 경호실장은 박지은과 세 테이블쯤 떨어진 곳에서 부하직원들과 자리를 한 채 눈을 빛내고 있었고!

작년에 환갑잔치를 치른 원로배우인 강춘식과 〈태황비〉의 남자 주연인 황해성, 남자 조연인 이재후와 김태경이 같이 앉았고 여자 조연인 오신혜와 최정화가 자연스럽게 합석을 했다.

"그럼 탁 국장은 〈태황비〉를 끝으로 작품을 하시지 않겠다는 거요?"

강춘식이 입담 좋은 원로 배우답게 좌중을 이끌었다.

"꼭 그런 건 아니지만 좀 쉬었으면 하는 거죠. 장장 유 개월을 매달려 있었더니 몸도 마음도 진이 빠졌습니다. 선배님!"

탁 국장이 특유의 과대한 제스처를 쓰며 말을 받았다.

"그럼 난 탁 국장이 다음 작품 맡을 때까지 실업자구만."

"아하하하……."

강춘식의 너스레에 여기저기서 웃음보를 터뜨렸다.

"선배님도 참? 천하에 강춘식이 제가 작품을 안 한다고 실업자가 됩니까?"

탁 국장이 맥주잔을 털어넣으며 싫지 않은 표정으로 말했다.

"아니, 탁 국장 아니면 이 늙다리를 누가 써주나? 또 써준
다 해도 달갑지 않아. 인생 경험도 없는 새파란 것들이 무슨
드라마 감독이야 감독은?"

강춘식이 신경질적으로 머리를 흔들었다.

"하참! 선배님은 그 꼬장꼬장한 성품 때문에……"

탁 국장이 강춘식의 잔에 술을 따랐다.

"거 말 나온 김에 하나 물어봅시다. 탁 국장!"

강춘식이 맥주잔을 든 채 진지하게 운을 뗐다.

"선배님도 원! 우리가 남입니까? 그냥 편하게 말씀하세요.
뭡니까? 드라마 쪽에 궁금한 게 있으시면 얼마든지 물어보세
요. 아시다시피 우리나라에서 제작되는 드라마에 관해선 제
가 빠꼼입니다 빠꼼이!"

"왜 〈블랙엔젤〉 감독 자리를 거절한 거요?"

"쩝! 결국 또 그 질문이시군요?"

강춘식이 어렵게 뱉은 질문.

오늘 이 자리에 모여 있는 사람들이 가장 궁금해하는 사안
이었다.

〈블랙엔젤〉!

DBS 창사 특집으로 만들어지는 대하드라마.

작년 말부터 지금까지 대한민국 연예계의 초미에 관심사
가 되어온 드라마였다. DBS가 ㈜P&P등과 컨소시엄을 통해
무려 100억 원을 투자해 제작하는 한국판 블록버스터였다.

당연히 연예인들이 모여 있는 자리니 화제가 될 수밖에 없었다.

"내가 알기로는 P&P 등에서 강력하게 탁 국장을 미는데 탁 국장이 고사를 한다더만."

"선배님이 힘들게 질문하셨으니까 저는 시원하게 대답하겠습니다. 투자사들의 들러리가 되고 싶지 않아서였습니다."

"들러리? 들러리라니! 우리나라에 탁 국장을 들러리로 만드는 제작사가 다 있단 말이오?"

탁 국장의 대답에 강춘식이 분개했다.

"아시잖습니까? 이렇게 컨소시엄으로 투자사들이 만들어져 작품을 제작하면 감독이 능력을 발휘할 수 있는 부분이 별로 없다는 거!"

"그, 그거야 뭐 돈 대는 작자들이니 말이 많을 수밖에요."

탁 국장의 말에 강춘식이 고개를 주억거렸다.

"실례로 주연배우, 아니, 조연배우들까지 정해져서 내려옵니다. 감독이 자기 작품에 배우 하나도 제대로 캐스팅 못하면 그건 감독이 아니라 머슴이죠. 일만 죽도록 하는 머슴 말입니다."

탁 국장이 원색적으로 비판했다.

"그럼 국장님! 이미 〈블랙엔젤〉의 캐스팅이 모두 끝난 겁니까?"

〈태황비〉의 남자 주연을 맡았던 황해성이 물었다.

오늘의 하이라이트였다.

이 자리에 모인 사람들은 거의 탤런트나 영화배우였고 PD들이었다.

당연히 〈블랙엔젤〉의 캐스팅은 관심사 중에 관심사였다.

"감독도 결정 안 됐는데 무슨? 며칠 전에 반 강제로 떠밀려서 투자사들 모임에 잠깐 참석했었는데 남녀 주연은 정해졌더라고! 그 외는 완전히 난장판이야."

"소문대로 남녀 주연은 정희준과 박 이삽니까?"

황해성이 이번에는 구체적으로 물어봤다.

"응! P&P 박 회장이 슬쩍 비추더라. 내가 생각해도 황금멤버야!"

탁 국장이 박지은을 쳐다보며 대답했다.

박지은이 잔잔한 미소를 띤 채 손에 든 머그잔을 바라보며 조용히 앉아 있었다.

"……!"

이때, 박지은의 머그잔에 테니스 공을 가지고 노는 하얀 고양이 모습이 떠올랐다.

박지은이 고개를 돌렸다.

스노우가 저쪽 구석에서 테니스 공을 가지고 놀고 있었다.

"아이! 주연들은 그렇다치고 국장님이 〈블랙엔젤〉 감독님 하세요."

"이이잉? 그래야 우리도 먹고살죠. 국장님ㅡ"

"아하하하!"

〈태황비〉의 여자 조연을 맡았던 최정화와 오신혜가 애교를 떨자 자리에 모여 있던 사람들이 일제히 웃음을 터뜨렸다.

애교였지만 사실 애교가 아니었다.

이 자리의 모여 있던 사람들이 정말 부탁하고 싶었던 일이었다. 배우들에게 캐스팅이 되느냐 마느냐는 생존권 문제였다.

이곳에 모인 탤런트들은 거의가 소위 〈탁병무 사단〉으로 불리는 사람들이었다.

탁 국장이 블랙엔젤의 감독을 맡으면 이들은 백 프로 발탁된다.

탁 국장도 다른 배우들보다 오랫동안 작업을 같이 해온 이들이 훨씬 편하기 때문이다.

캐스팅이 되면 자연히 출연료 같은 금전적인 수입과 배우로써의 명성도 따라오게 된다. 잘하면 목돈을 챙길 수 있는 CF도 찍을 수 있고!

특히 〈블랙엔젤〉처럼 세간의 화제가 된 작품은 무조건 출연해야 한다.

이름만 걸어 놔도 많은 대중들이 주목을 하기에 인지도가 다른 작품에 비해 따따블로 뛰고 곧 스타로 가는 지름길이 된다.

말이 100억 원짜리 작품이다.

곧 전쟁이었다.

"핫핫! 여러분들이 그렇게까지 말씀하시니 사족 하나 달겠습니다. 조만간에 좋은 소식이 있을 겁니다. 전화 끄지 마시고……."

"와아아아!"

탁 국장의 말이 채 끝나기도 전에 황해성 등이 환호성을 터뜨렸다.

"아홍홍홍! 국장님도 정말? 무슨 뜸을 그렇게 오래 들이세요? 밥이 새까맣게 탔어요. 내 속처럼!"

"히이이이잉… 정말 나빠 국장님! 나 〈블랙엔젤〉 출연 못하면 돈 없어서 시집 못 가는 거 뻔히 아시면서 말야."

"아하하하!"

최정화와 오신혜가 코맹맹이 소리를 내자 다시 폭소가 터졌다.

아까 와는 전혀 다른 경쾌한 웃음소리였다.

"하여튼 탁 국장 사람 애타게 하는데 뭐 있다니까? 거 처음부터 시원하게 맡았으면 좀 좋아."

강춘식이 마음이 놓이는 듯 환하게 웃었다.

"사실 마음 다잡은 지 며칠 안 됐습니다. 여러분이 제일 걸렸습니다. 좋은 작품도 미루고 나한테 와서 오랫동안 고생했는데 뭔가 보답을 해야 되는 게 아닌가……."

"거럼! 탁 국장 의리 하나는 딱 소리 나지. 나도 탁 국장의 그 의리 때문에 수십 년 동안 쫓아다녔잖아?"

강춘식이 힘차게 추임새를 넣었다.

"가장 결정적인 이유는 저 박 이사였습니다. 메인 투자사인 P&P 박 회장에게 저를 강력하게 추천한 모양이더라구요. 그래서 계속 감독 자리가 공석으로 떠돌았고!"

탁 국장이 스노우 쪽으로 걸어가는 박지은을 보며 말했다.

"호호호! 그럴 줄 알았어. 내가 상궁으로 있으면서 목숨을 걸고 모신 마마신데 나를 버리시기야 하시겠어?"

"난 하나밖에 없는 고향친구였다고!"

최정화와 오신혜가 웃으면서 〈태황비〉에서 맡은 배역으로 박지은과 의 친분을 과시했다.

"하참? 난 친정 아비야, 이 사람들아!"

"까르르! 하하하!"

강춘식이 쐐기를 박았고 사람들이 뒤집어졌다.

통통통.

개나 고양이는 움직이는 물건을 가지고 놀기를 좋아한다.

스노우도 아까부터 채나가 던져준 테니스 공을 발로 튕기며 열심히 놀고 있었다.

박지은이 팔장을 낀 채 유심히 스노우를 살펴봤다.

"후후후! 맞네. 카페에 올려놨던 그 녀석이야!"

박지은이 미소를 띠며 고개를 흔들었다.

"우린 결국 이렇게 만나는구나. 스노우야!"

박지은이 웃으면서 말을 했다.

"……!"

스노우가 동작을 멈추며 박지은을 쳐다봤다.

"정말 섭섭하다. 스노우! 너도 네 주인처럼 나을 잊은 거야? 나는 너를 기억하는데!"

박지은이 귀엽게 입을 삐죽였다.

스노우가 눈을 깜박거리며 박지은을 살폈다.

"바보! 작년에 네 주인이 올림픽 끝나고 시드니에서 나랑 통화하면서 너를 바꿔줬잖아? 넌 계속 깽깽거렸고."

탈싹!

박지은의 말이 끝나자마자 스노우가 박지은의 품에 안겼다.

"아후… 스노우! 너 진짜 영리하다. 난 농담이었는데 전화로 들은 내 목소리를 기억하네? 네 주인보다 훨 낫다. 훨 나아!"

박지은이 활짝 웃으며 스노우를 쓰다듬었다.

스노우는 무늬만 고양이었다.

그때 뒤에서 음성이 들렸다.

"나쁜 놈! 주제에 남자라고 예쁜 여자만 보면 사족을 못 써요."

채나가 팔짱을 낀 채 인상을 쓰며 서 있었다.

쪼르르!

스노우가 박지은의 품에서 내려와 채나에게 달려갔다.

"……!"

찰라, 탁구공만 한 박지은의 눈이 야구공만큼 커졌다.

"채나? 김채나? 맞지?"

야구공만 한 박지은의 눈이 핸드볼 공만큼 커졌다.

"헤헤! 언니가 빅마마가 맞으며 저도 김채나가 맞아요."

채나가 스노우를 쥐어박으며 대답했다.

"아니, 빅마마가 아니라 〈채나교〉의 수석 장로야!"

"……!"

이번에는 채나의 눈이 배구공만큼 커졌다.

툭!

박지은이 권총 모양의 목걸이를 채나에게 던졌다.

"내 보물 1호야. 시드니 올림픽이 끝난 뒤 〈채나교주〉가 그걸 보내 왔더라고. 예쁘게 쓴 편지와 함께!"

〈채나 건 펜던트〉라는 이름을 가진 이 목걸이는 채나가 시드니 올림픽에서 사용했던 탄피들을 모아 채나가 전기인두를 들고 직접 세공을 한 목걸이였다.

무려 한 달이란 시간을 투자해서 겨우 다섯 개를 만들었다.

하나는 케인에게 줬고 나머지 네 개는 자신을 늘 후원해 주고 응원해 주는 팬클럽 〈채나교〉의 임원들에게 감사의 편지와 함께 보냈다.

특히 네 개 중에 가장 예쁘게 만들어진 녀석은 늘 거액의 후원금과 함께 한국의 특산물을 보내주는 〈채나교〉의 수석 장로에게 보냈다.

지금까지 얼굴조차 한 번도 본 적이 없었고 그저 온라인상에서 메일이나 전화로 만나는 사이였지만 그 어떤 회원보다 열성적으로 자신을 후원해 주었기에 작은 선물이나마 보답하고 싶었던 것이다.

그 수석 장로를 지금 한국의 경기도 일산의 한 일 식당에서 만났다.

그것은 숙명이었다.

"어, 언니가 우리 카페의 수석 장로 박가 언니?!"

"아이디는 PRAK GA! 배우가 직업이야."

지구 최고의 총잡이라는 채나 킴이 떨리는 목소리로 물었고 한국의 국민배우 박지은이 환한 미소를 머금은 채 대답했다.

스포츠 스타나 연예인 스타나 대중들이 사랑하는 스타들은 팬카페 회원들을 끔찍하게 아낀다. 어떤 스타들은 아예 이들을 제2의 가족이라고 말했다.

그럴 수밖에 없는 것이 팬카페 회원들은 아무 계산도 없이 자발적으로 모여 자신들을 후원해 주고 위로해 주는 정말 가족 같은 존재였기 때문이다.

그 점에서 채나 또한 예외가 아니었다.

채나가 인터넷을 접속하면 유일하게 들리는 곳이 〈채나교〉라는 자신의 팬카페였다. 미국 서부와 동부의 명문대학에 재학 중인 재미 한국인 유학생들이 주축이 돼 활동하는 사격 선수 채나 킴의 팬카페!

박지은은 서울대 재학시절 잠깐 어학연수를 겸해 미국의 프린스턴 대학으로 유학을 갔었다.

그때 우연히 〈채나교〉에 가입했던 것이다.

박지은은 연예인이라는 유명세 덕분에 채나와 직접 만나 식사도 하고 대화도 나누는 〈채나교〉의 집회에는 한 번도 나가지 못했지만, 온라인상에서의 활동은 누구보다 열심히 했기에 수석 장로의 직책을 갖고 있었다.

쪽!

채나가 발뒤꿈치를 들고 박지은에게 매달려 존경의 키스를 보냈다.

"언니가 어떤 일을 하는지는 몰랐지만 한국에 있다는 것은 알았어. 내가 괜찮은 위치에 있을 때 연락하고 싶었고!"

"……!"

"미안해! 언니."

"후후! 괜찮아. 이렇게 만났잖아."

쪽!

이번엔 박지은이 채나를 안고 아주 반가운 뽀뽀를 해줬다.

박지은은 몇 달 전부터 촬영장에서 버스에서 식당에서 김채나 김채나 하는 소리를 지겹게 들었다. 김채나가 부르는 〈히어로〉라는 노래는 타의에 의해 수십 번씩 들었고!

하지만 대중가요에 관심이 없는 박지은은 그냥 괜찮은 가수가 나왔나 보다 하고 넘어갔다.

한데 어느 날 버스 안에서 노민지가 켰던 TV에서 채나를 발견하고 정말 패닉 현상을 일으켰다.

채나의 노래가 아니라 얼굴이 문제였다.

가수 김채나와 자신이 온라인상에서 최소한 한 달에 한 번은 만나는 사격선수 채나 킴이 동일 인물이었던 것이다.

〈채나교주〉가 한국에 와서 가수활동을 하고 있었다니? 그것도 대한민국을 발칵발칵 뒤집어놓으면서!

박지은은 그 길로 채나를 만나보고 싶었지만 그렇게 하지 않았다.

왠지 섭섭했다.

한국에 왔으면서 더욱이 연예계에 들어와 가수로 활동하면서 자신한테 전화 한 통 하지 않다니?

정말 수십 번 연락하고 싶었지만 채나의 노래와 방송을 들으면서 버텼다. 채나한테서 전화가 오길 기다리면서.

한데, 오늘 이렇게 만난 것이다.

우연처럼! 운명처럼!

채나는 만나자마자 정중히 사과를 했다.

괜찮은 위치에 있을 때 연락하고 싶었다는 진심과 함께.

그 한마디가 채나에게 섭섭했던 마음을 날려 버렸다.

좋아하는 사람에게 좀 더 멋있는 모습을 보여주고 싶은 것은 인간의 본능이다. 당연히 채나도 가수로서 성공했을 때 박지은을 만나고 싶었을 것이다.

채나는 지구 최고의 총잡이 채나 킴이 아니라 신인가수 김채나로 한국에 왔다.

박지은은 그 점을 간과했다.

어쨌든 만날 사람은 다 만난다.

"우헤헤헤헤! 이거 꿈은 아니겠지? 내가 그렇게 보고 싶어 했던 우리 〈채나교〉의 수석 장로님이 대한민국 최고, 아니, 세계 최고의 여배우였다니?? 오 마이 갓! 오늘 카페에 들어가 밤새도록 도배질을 해야지! 헤헤헤……."

채나가 특유의 웃음을 연신 흘리며 믿어지지 않는 듯 박지은을 요리조리 살폈다.

"후… 정말 내가 그렇게 보고 싶었어? 우리 교주님!"

"우씨! 그걸 말이라고 하는 거야 지금? 얼굴조차 한 번 본 적이 없는 언니가 나를 지극 정성으로 보살펴 줬는데 당연히 보고 싶지!"

"후후후! 난 연락이 없어서 나를 잊어버렸나 했어."

"푸헤헤헤! 언니 지금 발언 하극상인 거 알지? 채나교주를 짚신벌레나 아메바 같은 하등동물 취급하는 거! 처음 한국에 도착했을 때 얼마나 많이 망설였는지 몰라. 전화를 할까 말까

할까 말까 한 백 번은 될 거야!

"나도 늘 우리 교주님이 보고 싶었어. 어느 날 TV에서 보고 얄미워서 먼저 전화할 때까지 버텼지만. 후후!"

"윽! 진짜?"

"응!"

"나쁘다, 언니! 난 정말······."

"나가! 속 좁은 수석 장로하고 속 넓은 교주가 운명처럼 만났는데 이렇게 시간을 죽일 수는 없잖아?"

박지은이 채나의 얼굴을 토닥거렸다.

"쭈아! 지금부터는 이 교주가 책임지지. 아시다시피 내가 요즘 쬐끔 나가잖아. 근데, 사람이 이렇게 예뻐도 되는 거야? 언니!"

채나가 또다시 박지은을 찬찬히 뜯어봤다.

"퍼펙트··· 완벽해! 씨이! 너무 예쁘니까 막 짜증나려고해."

채나가 박지은을 보며 질렸다는 듯 고개를 흔든다.

"우리 교주님도 만만찮아. 내가 사춘기 때 아무도 모르게 꿈꿔왔던 그 미소년을 만난 것 같은 착각이 들어. 가슴이 막 쿵쾅거려!"

"우우우이씨! 언니까지 그렇게 얘기할 거야? 나 화낸다?"

"미안미안! 하지만 교주가 매력적인 걸 사실이야. 여자 팬들이 더 난리를 치는 거 충분히 이해돼! 후후후······."

와장장창!

"아아아악!"

바로 이때였다.

갑자기 홀 저편에서 뭔가 부서지는 소리와 함께 비명이 터졌다.

찌익!

채나의 눈이 실처럼 가늘어 졌다.

화가 났다는 신호였다.

3장

총알과 회칼

부르르르.

새파랗게 날이 선 두 개의 생선 회칼이 식탁 위에 박혀 있었다.

"야! 백 부장! 부장 달으니까 눈에 뵈는 게 없지? 이 씨발 놈아!"

벗어젖힌 상반신에 시퍼런 용문신과 함께 칼자국이 마치 세계지도처럼 그어져 있는 사십대 사내가 어깨까지 기른 장발을 쓸어 넘기며 입을 열었다.

남두건설 사장 남일두였다.

"……!"

〈우스타〉 책임 PD인 백 부장이 생선회칼이 박혀 있는 식탁 앞에 앉아 허옇게 질린 채 전신을 가늘게 떨고 있었다.

꽉!

남일두가 무지막지하게 큰손으로 백 부장의 목을 움켜쥐었다.

"딱 하나만 묻자 개새꺄! 내가 이놈 잘 봐달라고 전화했어, 안 했어?"

남일두가 식탁 옆에 엉거주춤 서 있는 파마를 한 삼십대 남자 가수 하우영을 가르치며 물었다.

"해, 했습니다."

백 부장이 말을 더듬으며 대답했다.

"흐흐흐! 씨발 놈이 그래도 뚫린 아가리라고 대답은 질하네. 근데 개새꺄! 왜 내 동생 물 먹여? 내 말이 개좆같이 들리디? 조보라한테 얼마 쳐 먹었어? 이 씹째끼야!"

꽈다다당!

남일두가 백 부장을 그대로 밀어버렸다.

"머, 먹다니요?! 그건 진짜 오해하신 겁니다. 절대 부정이 있을 수 없습니다. 심사위원 명단조차 오디션 현장에서……."

백 부장이 몸을 일으키며 황급히 설명했다.

"닥쳐! 개새꺄!"

철그렁!

남일두가 회칼을 하나를 뽑아 백 부장에게 던졌다.

"헉!"

백 부장이 자신도 모르게 비명을 터뜨렸다.

"그놈 잡아 씨발 놈아! 도저히 열 받아서 못살겠어. 오늘
네가 죽든 내가 죽든 한번 까자. 치료비는 각자 부담하고!"

남일두가 회칼을 집어 들며 몸을 일으켰다.

㈜남두건설은 DBS 같은 방송사로부터 경비나 철거 청소
등을 하청 받아 운영하는 전형적인 용역회사였다.

이 남두건설 사장이 조폭 출신으로 유명한 남일두였다.

방송사에서는 조금 거칠고 더러운 일이 있으면 남일두에
게 부탁을 했고 남일두는 그 대가로 경비나 청소 등을 하청
받는 악어와 악어새 같은 관계였다.

가수 하우영은 본명이 남성두로 남일두의 친동생이었다.
동생인 하우영이 〈우스타〉 2차 오디션에서 떨어지자 남일두
가 분기탱천하여 백 부장에게 쳐들어온 것이다.

"너 지금 덩어리 크다고 사람 겁주는 거야?"

그 순간, 남일두의 뒤에서 싸늘한 음성이 들려왔다.

회칼을 집어 든 남일두가 살기를 띠며 고개를 돌렸다.

"귀먹었냐? 덩어리로 겁 주냐고 물었잖아? 임마!"

채나가 사이한 미소를 띤 채 특유의 건달 걸음으로 다가왔
다.

"으흐흐흐… 돌아버리겠네! 이건 또 웬 개좆만 한 년이야?"

남일두가 채나를 보며 기가 막히다는 듯 비웃음을 흘렸다.

"오빠는 쩌어 쪽으로 찌그러져!"

쓰윽!

채나가 회칼을 집어 들며 백 부장을 밀었다..

"그래… 니가 칼을 좀 쓰는 모양인데 이 개좆만 한 나랑 한 번 붙자. 찌질이 배불뚝이들 상대하지 말고 말야!"

채나의 눈에서 새파란 살기가 튀었다.

"……!"

남일두가 흠칫했다.

"네 말대로 치료비는 각자 부담! 뒈져도 상대방 원망 안 하기! 콜?"

촤라라락!

채나가 회칼을 부드럽게 돌려 잡으며 남일두에게 물었다.

'이, 이년 봐라! 날래미를 한두 번 다뤄본 솜씨가 아닌데?'

남일두가 싸움꾼 특유의 감으로 뭔가 불길한 느낌을 챘다.

사실, 남일두는 여기 싸움을 하려고 부하들을 데리고 온 것이 아니었다.

백 부장에게 적당히 겁만 줘서 동생인 하우영이를 어떻게든 〈우스타〉에 밀어넣으려고 했던 것이다.

한데 채나가 나섬으로써 일이 꼬이기 시작했다.

"이런 콩만 한 년이 말하는 싸가지 좀 보소! 감히 누구한테?"

살벌한 음성이 터지며 무식하게 생긴 야구방망이 하나가 채나의 등을 향해 날아왔다.

차착!

채나가 가볍게 스탭을 밟아 야구방망이를 피하고 오른손에 잡고 있던 회칼을 왼손으로 바꿔 잡으며 몸을 빙그르르 회전시키면서 반원형으로 회칼을 그었다.

"끄악!"

채나의 등을 찍어오던 거구의 사내가 방망이를 떨구면서 바닥에 데굴데굴 구르며 마구 비명을 질렀다.

"크크크윽!"

사내가 핏덩이가 뭉클뭉클 쏟아지는 가슴을 움켜쥔 채 연신 비명을 토했다.

"훗! 생선회칼에 야구방망이까지?"

채나가 성큼 야구방망이를 주워 들었다.

"잘 봐! 야구방망이는 이렇게 쓰는 거야."

콰콰쾅!

채나가 자신을 습격하다 회칼에 맞아 바닥에 뒹구는 사내의 다리를 야구방망이로 힘차게 내려쳤다.

"크아아악!"

뼈마디가 산산이 부서지는 기음과 함께 사내가 더 이상 커질 수 없는 비명을 지르며 머리통을 땅바닥에 처박았다.

차차차착!

그 순간, 야구방망이와 일본도로 무장을 한 깡패 다섯 명이 살기를 띠며 채나를 에워쌌다.

"좋아좋아! 이렇게 한꺼번에 와야 귀찮지 않지!"

채나가 사이하게 웃으며 다시 회칼을 집어 들었다.

"집단 폭행! 난 정당방위! 맞지? 보조개 아저씨?"

채나가 아까부터 눈을 빛내며 지켜보던 박지은의 경호원 육 실장에게 말했다.

채나는 육 실장의 얼굴에 난 천연두 자국을 곰보라고 하지 않고 보조개라고 말했다. 역시 UCLA에서 한국어학을 복수전공한 사람다운 표현력이었다.

"예! 경찰에 가면 제가 그렇게 진술하겠습니다."

육 실장이 수백 개나 되는 보조개에 미소를 낄며 채나의 반말에도 아랑곳하지 않고 정중하게 대답했다.

"고마워! 그럼 거기 문 좀 지켜. 애들 도망 못 치게 말야!"

쾅!

채나의 말이 끝나자마자 육 실장이 기다렸다는 듯 튀어가 바다 홀의 정문을 닫고 우뚝 막아섰다.

"흐흐흐… 그래! 남일두! 네가 조폭 두목이란 말을 들은 기억이 난다. 지금부터 깡패 새끼들이 함부로 설치면 어떻게 되는지 가르쳐 주마!"

스스스슥!

찰라, 채나의 등 뒤에서 새파랗게 빛나는 칼을 든 살벌하게 생긴 무사가 몸을 일으켰다.

환공! 선도를 십성 이상 연마해야 펼칠 수 있는 무공이었다.

인간의 공포심과 사물의 그림자를 이용해서 펼친다. 주로 한 밤에 야외에서 펼치면 더욱 효과적인 무공으로 현재는 유일하게 채나만이 펼칠 수 있었다.

술 취한 사람이 한 밤중에 전봇대나 큰 나무를 보고 귀신으로 착각하는 현상을 생각하면 쉽게 이해가 된다.

"……!"

채나를 포위하고 있던 깡패들이 움찔했다.

황당하게도 무협 영화에서나 보던 무사가 출연했기 때문이다.

"씨발 놈! 뒈져라."

깡패 하나가 욕지거리를 뱉으며 달려와 무사를 향해 일본도를 내려쳤다.

"흐흐흐!"

다섯 자는 족히 될 듯한 칼을 든 무사가 괴소를 터뜨리며 날아오는 일본도를 마주쳐 갔다.

쩌어어억!

새파랗게 빛나는 칼이 일본도와 함께 사내의 어깨를 대나무처럼 쪼갰다.

"크아아아악!"

피 분수가 터지면서 일본도를 든 깡패가 짐승 같은 비명을 토하며 쓰러졌다.

동시에, 나머지 깡패들이 사방에서 몸을 날리며 무사를 향해 야구방망이를 휘둘렀다.

카카카칵!

무사가 팽이처럼 몸을 돌리며 쏘아오는 야구방망이들을 향해 시퍼렇게 빛나는 칼을 횡으로 휘둘렀다.

"컥컥! 크아아악!"

야구방망이들이 흡사 무처럼 간단하게 잘려 나가며 네 명의 깡패가 피가 쏟아지는 가슴과 다리 등을 움켜 쥔 채 신음과 비명을 한꺼번에 토하며 바닥에 나뒹굴었다.

"죽어라! 개새꺄!"

이때, 남일두가 발악이라도 하듯 회칼을 곧추 세우고 무사의 등을 찍어갔다.

캉!

무사가 큼직한 칼로 마치 야구공을 때리듯 회칼을 날려 버렸다.

"크아아악!"

곧바로 칼날이 남일두의 무릎을 스치고 지나가면서 남일두가 단말마의 비명과 함께 무릎을 꿇으며 엎어졌다.

철그렁!

무사가 비릿한 내음의 피가 번지는 바닥에 무릎을 꿇고 엎어져 신음을 토하는 남일두에게 회칼을 던졌다.

"다시 잡아! 아까부터 칼을 들고 설치기에 칼을 좀 쓰는 줄 알았더니 영 아니야?"

방금까지 새파랗게 빛나는 칼을 휘두르던 살벌한 무사 대신 채나가 다시 나타났다.

"으으으! 죄죄죄송……."

남일두가 피가 흥건한 바닥에 머리통을 박은 채 엉금엉금 기며 신음을 발했다.

"컨디션이 안 좋아? 그럼 할 수 없지 뭐!"

착!

채나가 남일두의 손목을 향해 회칼을 휘둘렀다.

"크아아아!"

"걱정 마! 만수무강에는 지장 없어. 단지 손으로 밥을 먹으려면 좀 시간이 걸릴 거야."

채나가 남일두의 비명에는 아랑곳없이 살기를 풀풀 날렸다.

"죄죄송송! 자자자못했습니다."

남일두가 예리하게 베어져 뼈가 허옇게 보이는 한쪽 팔을 거머쥔 채 연신 머리통을 땅에 짓찧으며 사과를 했다.

"큐후! 냄새… 뭐야? 싼 거야?"

채나가 남일두를 바라보며 인상을 찌푸렸다.

"죄죄송합니다!"

남일두는 열세 살 때부터 소년원을 들락거리면서 주먹잽이가 됐다.

그때부터 수십 년 동안 별별 놈들하고 싸움을 해왔다. 어느 때는 맨주먹으로 어느 때는 회칼이나 일본도 등을 들고 말 그대로 피비린내 나는 전쟁을 치렀다.

매번 피투성이가 되면서도 공포를 느끼거나 겁을 먹은 적이 없었다. 아니, 살 떨리는 긴장과 야수 같은 폭력을 즐겼다.

한데, 오늘 채나를 대하면서 처음으로 죽음을 가까이서 만났다.

채나의 살기는 인간의 그것이 아니었다.

오죽하면 똥오줌을 쌌겠는가?

그 공포가 마무리되고 있었다.

"011에 1234에 45XX. 외워!"

"예예예!"

"내 전화번호야! 복수를 하고 싶으면 이 번호로 연락하고 와. 이해해! 내가 바빠서 아무 때나 시간을 못 내잖아?"

"저, 절대 꿈에도 복수… 당장… 으, 은퇴하겠습니다!"

"이제 머리가 돌아가네. 오빠가 그렇게 말 안 했으면 오늘 병원에 입원시키고 내일 또 병원에 찾아가 칼 쓰는 법을 좀 더 자세히 가르쳐 주려고 했는데 말야. 아쉽다!"

"죄죄송송… 무무조건 사라지겠습니다."

"아냐! 아냐! 괜찮아. 기다리고 있을 테니까 얼마든지 찾아와. 꼭 전화 주고!"

채나가 다정한 친구에게 말하듯 얘기하면서 고개를 돌렸다.

"하우영이! 오래 기다렸지? 이제 네 차례야."

채나가 하우영이를 불렀다.

"으헉!"

하우영이 귀신을 본 듯 비명을 토하며 육 실장이 지키고 있는 문쪽으로 후다닥 튀었다.

피식! 육 실장이 하우영이을 보며 잇새로 웃었다.

"한 발만 더 다가오면 너 노래 못해. 목이 부러져!"

"......!"

육 실장의 살기 띤 음성에 하우영이 흠칫했다.

"말 들어! 그 보조개 아저씨 무서운 분이셔."

채나가 회칼을 든 채 하우영이 쪽으로 천천히 다가갔다.

"너 가수야? 깡패야?

"가, 가수다. 시팔!"

"근데, 왜 방송사에서 죄 없는 심사위원들에게 개꼬장 죽이고 이런 회식자리에 깡패들 데리고 와서 백 부장 오빠 협박해?"

채나가 미소를 띤 채 회칼을 빙글빙글 돌리며 말했다.

뿌드드득!

하우영이 이빨을 갈았다.

"씨발! 난 당장 뒈져도 인정 못해. 분명히 그날 1등은 아니지만 2등 아니면 3등이라고! 내 가수 인생을 걸고 맹세할 수 있어. 씨발! 난 미국에서 정통 재즈를 십 년 동안이나 공부한 놈이야. 그날 심사위원 중에 재즈를 아는 새끼가 누가 있었어?"

하우영이 눈에서 독기를 뿜으며 비장하게 토로했다.

"……!"

채나가 눈을 깜빡거렸다.

"김채나! 차라리 네가 와서 심사위원을 해! 넌 락이고 재즈고 제대로 아는 것 같으니까 승복하겠다, 씨발! 겨우 뽕짝이나 하는 것들이 무슨 재즈를 알고 락이나 R&B를 안다고 나서서 평가를 해?"

벌컥벌컥!

하우영이 열이 치솟는지 소주병을 든 채 나발을 불었다.

"혜! 이럴 땐 어떻게 해야 돼, 백 부장님? 저치 말도 틀린 게 아냐. 음악이라는 게 스포츠처럼 딱 정해진 룰에 따라 기록이나 점수로 시합하는 게 아니잖아? 사실 뽕짝 가수가 와서 재즈나 R&B 가수를 어쩌구 한다는 건 아주 웃기는 일이거든!"

채나가 입을 굳게 다문 채 눈사람처럼 서 있는 백 부장을 보며 말했다.

"채나 씨 말씀 알아듣겠습니다. 하우영 씨! 다음 달에 다시 한 번 오디션을 보시죠. 이제부터 2차 오디션에는 장르별로

심사위원들을 초청해서 평가를 한 뒤 종합 채점을 하는 방식으로 가겠습니다."

백 부장이 명확하게 대답했다.

"당신은?"

채나가 다시 하우영이를 보고 물었다.

"씨발! 백번이라도 다시 본다. 오디션!"

하우영이 눈을 빛내며 대답했다.

"또 떨어지면 또 꼬장 부릴 거야?"

"난 가수라고 했잖아 깡패 아니라고?"

채나가 비웃음을 흘리자 하우영이 씩씩댔다.

착!

채나의 눈에 새파란 광채가 떠올랐다가 떠오르는 순간보다 빠르게 사라지면서 생선 회칼이 하우영이 머리를 스치고 지나갔다.

후르르륵!

잘려진 하우영이 머리칼이 떨어져 내렸다.

"다음에는 꼭 깡패라고 대답하길 바라! 그럼 그땐 이 칼이 머리카락이 아니라 머리통을 날려 버릴 거야!"

철커덩!

끈적끈적한 피와 잘려진 머리카락들이 잔뜩 묻어 있는 섬뜩한 회칼이 하우영이 앞에 떨어졌다.

"……!"

"헤! 이 정도로 마무리하지 백 부장님? 좀 시끄러웠지만 〈우스타〉쪽에 피해자가 없으니 뭐…….."

"예예! 채나 씨. 고맙습니다! 정말 고맙습니다!"

백 부장이 진심으로 채나에게 사의를 표했다.

"잊어버려. 이게 모두 〈우스타〉가 인기 있기 때문에 그런 거잖아? 오빠가 엄청 능력 있는 거야!"

채나가 위로하듯 백 부장의 가슴을 쿡쿡 찔렀다.

"하하… 알겠습니다."

백 부장이 웃음인지 한숨이 모를 기괴한 음성을 뱉었다.

백 부장은 시간이 지나면 오늘 일들을 자연스럽게 잊어버릴 것이다. 하지만 채나가 칼을 휘두르는 장면이나 피가 튀는 장면은 영원히 잊지 못할 것이다.

자신이 직접 조연으로 출연했던 다큐멘터리였다.

"그리고 전 PD님은 병원에 전화 좀 해! 이 사람들이 대체 술을 얼마나 많이 먹었기에 칼까지 휘두르며 싸웠대?"

"예, 예! 벌써 전화했습니다."

채나가 시치미를 떼며 말을 돌리자 전 PD가 주먹을 힘차게 움켜쥐며 말을 받았다.

"나 잠깐 내려갔다 올게! 대체 매운탕을 언제 시켰는데 아직도 안 와?"

채나가 손을 흔들며 문을 지키고 있던 육 실장 쪽으로 걸어갔다.

"오늘 수고했어. 보조개 아저씨!"

"피 전무에게 말씀 많이 들었습니다. 뵙게 돼서 영광입니다!"

육 실장이 정중히 허리를 굽혔다.

"피 전무 친구였어? 그래! 인사는 나중에 나누자. 빨리 마마 언니한테 가봐. 많이 놀랐을 거야!"

"옛! 그럼."

"이봐, 총각! 왜 매운탕을 안 주는 거냐?"

쪼르르.

채나가 무슨 일이 있었냐는 듯 계단을 내려갔다.

애애애앵!

어디선가 사이렌 소리가 들려왔다.

……

억겁처럼 긴 시간이었지만 겨우 이십 분쯤 걸렸다.

채나가 남일두 등 깡패 일곱 명을 박살 내고 충무대 병원의 앰불런스가 달려와서 깽패들을 싣고 가기까지!

그때까지 〈동해〉의 바다 홀에서 회식을 하던 삼백여 명의 〈우스타〉와 〈태황비〉의 스탭들과 출연진, 관계자들 중 단 한 사람도 입을 벌리는 사람이 없었다.

아니, 살벌한 분위기에 눌려 감히 말을 하지 못하고 있었다.

이곳에 모인 사람들은 모두 채나가 무술의 고수라는 것을 익히 알고 있었다.

〈우스타 중평〉 시간에 그 능력을 몇 번 보여줬고 〈강남 참치회집〉 사건 같은 소문이 방송가에 신화처럼 떠돌아 다녔기 때문이다.

하지만 이 정도 고수일 줄은 아무도 몰랐다.

그 유명한 조폭인 남일두를 포함해 일곱 명이나 되는 깡패들을 그것도 생선 회칼과 야구방망이로 무장한 놈들은 닭 모가지 비틀듯 간단히 처치해 버리다니……

정녕 눈으로 보고도 믿어지지 않았다.

툭!

큼직한 손 하나가 멍하니 서 있는 백 부장의 어깨를 가볍게 쳤다.

"구, 국장님?"

백 부장이 얼른 고개를 숙였다.

"너무 신경 쓰지 마, 백 부장! 연예계 PD를 해먹다 보면 이보다 더 한 일도 겪는 거다."

탁 국장이 백 부장의 어깨를 감싼 채 위로했다.

"이십여 년 됐나? 어떤 배우 한 놈이 술을 잔뜩 처먹고 공기총을 들고 와 우리 집 안방을 향해 난사를 하더라! 이유는 저한테 배역을 안 줬다고."

탁 국장이 웃으면서 말했다.

"총까지 쏴요?!"

"하하핫! 나 처음에 이 바닥에 입문했을 때는 영화감독이나 드라마 감독은 반 깡패는 돼야 해먹었다. 지난번 유남열이 봤지? 문 차장!"

"예! 국장님이 몇 마디 나무랐다고 자식이 회식자리에서 취한 척하면서 맥주병을 날리고… 더러운 새끼!"

탁 국장과 문 차장이 연예계의 밑바닥을 털어놨다.

"……!"

백 부장은 처음에 보도본부 PD로서 아나운서들과 일을 했고 예능본부에서는 개그맨이나 가수들 탤런트들과 스튜디오에서 일을 한 덕분에 오늘처럼 살벌한 일은 처음 겪었던 것이다.

"근데 백 부장! 아까 걔 그 유명한 가수 김채나 맞지?"

탁 국장이 미소를 띠며 물어 봤다.

"예! 국장님."

"난 남일두보다 걔가 더 무섭더라! 어이구… 무슨 칼을 그렇게 잘 쓰냐?"

"하하! 국장님께서 요즘 〈우스타 중평〉을 안 보셨군요. 거기서 채나 씨가 가끔 퍼포먼스로 무술 솜씨를 보여줬어요."

"그래? 아깝다! 조금만 일찍 알았으면 〈태황비〉의 떠돌이 무사 〈천귀동〉이 배역으로 캐스팅했을 텐데."

"기회 되면 한번 얘기해 보세요! 채나 씨 그 유명한 미국 UCLA 연극 영화과 출신이에요. 국장님!"

"오! 점점… 좋아! 언젠가 내 드라마에 꼭 김채나를 출연시킨다."

탁 국장 말이 끝나고 메아리가 지기도 전에 채나는 탁 국장이 감독하는 문제의 드라마에 여자 조연으로 캐스팅됐다.

"야! 백 부장. 정말 김채나 여자애 맞냐? 아이돌 가수 아냐?"

"쉿—"

백 부장이 주위를 돌아보며 얼른 문 차장의 입을 막았다.

"채나 씨 앞에서는 절대 그 얘기하지 마. 무지무지 싫어해. 예능본부 첫 번째 금기 사항이야."

"익! 또 회칼 날라오는 거야?"

"이번에는 총알이 날아갈 거야!"

"하하핫!"

탁 국장과 문 차장 등이 가볍게 웃음을 터뜨렸다.

"분위기가 뒤숭숭한 것 같은데 국장님께서 제작진을 대표해서 한 말씀해 주시죠?"

전 PD가 조용히 다가와 무겁게 말을 뱉었다.

"그렇게 하시지요. 국장님"

"OK!"

백 부장이 다시 권하자 탁 국장이 흔쾌히 대답했다.

웅성웅성!

〈우스타〉와 〈태황비〉 식구들은 아직도 충격에서 빠져나오지 못한 듯 식사는 뒷전이고 삼삼오오 모여 두런두런 얘기만을 나누고 있었다.

"식사 중에 죄송합니다. 잠깐 저를 주목해 주시지요. 여러분!"

탁 국장이 의자 위에 올라가 드라마 PD답게 묵직한 목소리로 분위기를 잡았다.

"드라마본부의 탁병무입니다."

짝짝짝!

탁 국장이 간단히 자신을 소개하자 누군가 박수를 치기 시작했고 〈우스타〉와 〈태황비〉 식구들 모두가 따라서 박수를 쳤다.

"고맙습니다. 많이들 놀라셨죠?"

산전수전 다 겪은 맹장답게 탁 국장이 침착하게 상황을 마무리하기 시작했다.

"뭐 우리 〈태황비〉 식구들이야 지난 육 개월 동안 지겹도록 칼이다 도끼다 들고 설쳤으니 괜찮으시겠지만……."

"하하하하!"

탁 국장의 노련한 화술에 실내의 분위기 서서히 밝아졌다.

"〈우스타〉 식구들은 이걸로 먹고사시는 분들이라 좀 걱정이 됩니다."

"아하하하"

탁 국장이 손을 입가에 대고 탁탁 떨며 수다 떠는 흉내를 내자 분위기가 완전히 풀렸다.

"방금 여러분들께서 목격하셨듯 생선회칼과 일본도, 야구 방망이로 무장을 한 일단의 깡패가 와서 난동을 부리는 것을 김채나 씨가 나서서 깨끗이 처리했습니다."

"……."

"제가 부탁드리고 싶은 것은, 뭐 김채나 씨한테 상을 주라 든가 비밀에 붙여 달라는 것이 아닙니다. 혹시 누군가 오늘 일을 물어보면 친구한테라도 얘기를 하게 되면 목격하신 그 대로 말씀을 해달라는 것입니다. 빼거나 더하지 마시고! 있던 그대로 말씀해 주시기 바랍니다. 자! 식사들 하시지요."

"짝짝짝!"

탁 국장이 당부를 마치고 식탁에서 내려오자 〈우스타〉와 〈태황비〉식구들이 일제히 박수를 쳤다.

탁 국장이 미소를 띤 채 한 손을 가볍게 들었다.

탁 국장은 방송가에서 삼십 년을 보낸 이무기였다.

이미 내일 아침 신문과 방송에 이 일이 어떻게 보도될지 환하게 그려졌다.

세상에서 가장 말이 많은 곳이 종마목장과 방송사라는 유머가 있다.

종마목장에 있는 말은 타고 다니는 말(馬)이고 방송사에 있는 말은 우리가 늘 사용하는 말(言)이다.

결국, 세상에서 말(言)이 제일 많은 곳은 방송사라는 뜻이다.

방송사에서도 가장 말이 많은 곳이 드라마본부와 예능본부였다.

　한데, 일이 되느라고 그랬는지 지금 이곳에는 그 양쪽 식구 삼백여 명이 모여 합동 회식을 하고 있었다.

　채나는 내일쯤 전신(戰神)으로 돼 있을 것이고 이곳에 난입한 깡패들은 적어도 칠십 명에서 백 명쯤으로 부풀려질 것이다.

　AK 47 자동소총으로 중무장한 게릴라들!

　한 가지 탁 국장이 안심하는 것은 가수 김채나에 대한 음해는 없을 거란 사실이었다.

　김채나는 누가 뭐래도 같은 방송사에서 일을 하는 친구였고 깡패들은 없앨 적(賊)이었으니까!

＊　　　＊　　　＊

　박지은이 몸을 가볍게 떨며 매니저인 노민지 손을 꼭 잡은 채 자신의 전용차량인 리무진 버스에 올랐다.

　"괜찮으세요? 이사님"

　"응……."

　노민지가 불안한 듯 박지은에게 자꾸 말을 붙였다.

　박지은은 이십여 년이 넘도록 배우생활을 하면서 수십 작품의 시대극과 현대극에 출연했다.

그 드라마들은 별별 주제가 다 있었다. 오늘처럼 회칼을 휘두르는 깡패들 얘기도 있었고 총알이 난무하는 전쟁극도 있었다.

하지만 그것은 모두 드라마였고 영화였다.

오늘처럼 현실 속에서 회식을 하는 식당에서 진짜 드라마처럼 눈앞에서 피가 튀고 단말마의 비명 소리가 터지고… 난생처음 보는 장면이었고 경험이었다.

그것도 자신이 지독하게 좋아하는 〈교주〉, 채나가 주연이었다.

노민지에게도 얘기하지 못했지만 아까 채나에게 야구방망이가 날아갈 때 박지은은 자신도 모르게 오줌을 지렸다.

채나가 죽는 줄 알고 얼마나 놀랐는지!

한데, 채나는 정말 드라마 속에 소설 속에 나오는 그런 주인공이었다.

"아직도 저런 깡패새끼들이 설치니 원?"

육 실장이 두 명의 경호원과 함께 버스로 올라왔다.

"이사님! 많이 놀라셨죠?"

육 실장이 박지은에게 다가오며 위로를 했다.

"그, 그렇게 놀라지는……."

툭.

갑자기 박지은이 말을 멈추며 고개를 떨궜다.

틱! 노민지가 본능적으로 박지은의 몸을 받았다.

"매, 맹 스타! 이 코디! 이, 이사님을……."

노민지가 당황하며 말을 더듬었다.

"침착해 노 부장! 지금 이사님은 너무 큰 충격을 받으셔서 일시적으로 혼절을 하신 것뿐이야. 잠시 후면 깨어나실 거야."

육 실장이 노민지와 함께 박지은을 의자에 최대한 편안하게 눕혔다.

노민지가 새파랗게 질린 채 기절해 누워 있는 박지은을 쳐다봤다.

"이, 이럴 때는 어디다 연락을 해야……? 맞아! 큰원장님! 큰원장님께 연락을 해야 돼. 큰원장님!"

노민지가 입술을 꽉 깨문 채 침착하게 휴대폰 번호를 눌렀다.

"네에! 네! 머리를 높게… 육 실장이 그렇게 조치를 취했습니다. 아! 서대문이요? 잘 알고 있어요. 작은원장님 병원… 제가 당황해서 잊어버리고 있었어요. 큰원장님."

노민지가 휴대폰을 황급히 껐다.

"한 기사님! 지금 최대한 빨리 서대문 〈충무대 부속 강북의료원〉으로 가세요. 빨리!"

노민지가 예의 침착성을 찾은 듯 짧고 빠르게 명령했다.

"알겠습니다. 부장님!

박지은이 탄 리무진 버스가 남일두 등을 싣고 간 앰뷸런스

보다 오 분 빠르게 충무대 병원에 도착했다.

*　　　*　　　*

인사(人事)가 만사(萬事)라는 말이 있다.

사람을 적재적소에 기용하고 사람에 관한 일들을 처리하는 것이 세상일의 전부요, 세상일 중에 가장 어렵다는 뜻이다.

딱 이 회의를 두고 하는 말이었다.

대한방송사 DBS 창사 20주년 기념 대하드라마 〈블랙엔젤〉의 투자금액 백억 원은, ㈜P&P 엔터테인먼트에서 60억 대한방송사 DBS에서 20억 나머지 20억을 세 회사가 나누어냈다.

㈜K7기획 8억 ㈜극동연예 7억 ㈜한울타리 아트 5억!

사실 백억 정도는 P&P에서 충분히 조달할 수 있었지만 여러 회사가 합동해서 드라마를 만드는 것도 마케팅 전략 중 하나였다.

얼마나 대단한 드라마면 저렇게 유명한 회사들이 다섯씩이나 달려들어 만들까? 대중들은 이렇게 생각한다.

하지만 약간만 깊이 들어가 보면 투자 금액의 대부분이 P&P자금이라는 것을 금방 알 수 있었다.

P&P의 박영찬 회장이 DBS를 제외한 모든 회사의 최대 지주였기 때문이다. 아니, 민영방송인 DBS에도 만만찮은 지분

을 갖고 있는 대주주이기도 했다.

저간의 사정이야 어쨌든 이 다섯 회사의 대표는 오전 아홉 시부터 세종 호텔 장미실에 모여 〈블랙엔젤〉의 투자자 회의를 시작했다.

그리고 밤 열두 시가 가까운 지금까지 결정한 것은 딱 두 가지였다.

감독은 DBS 드라마국의 탁병무 국장으로 하고 남녀 주연은 준사마 정희준과 빅마마 박지은으로 한다.

다른 사안들은 P&P의 박 회장을 제외한 다른 대표들은 자신들의 입장만 주장할 뿐 한 치도 양보를 하지 않아 난항이 거듭됐다.

가장 큰 문제는 두 가지였다.

배우들의 출연료와 배역.

일단 출연료는 그리 문제가 안 됐다.

배우들이 그동안 받아왔던 출연료 금액도 있고 바닥에 정해진 관례가 있으니까 그것에 맞춰서 합의를 해주고 받으면 된다.

하지만, 지금 다섯 명의 투자사 대표가 들고 온 출연진 리스트는 절대 합의가 안 되는 문제였다.

영화나 드라마를 제작할 때 배우들을 캐스팅하는 것은 감독 고유의 권한이었다.

이론이 그렇다는 것이다.

현실은 돈을 대는 투자자들의 절대적인 권한이었다. 감독조차 투자자들이 결정하는 상황에서 감독에게 권한 있으며 얼마나 있겠는가?

문제는 감독이 배우들을 캐스팅하면 십중팔구 배우들의 연기와 스펙을 보고 결정하지만, 〈블랙엔젤〉처럼 투자사들이 몽땅 연예 기획사들이라면 얘기가 전혀 다르다.

연예기획사들이 몇십 억씩 투자해 드라마나 영화를 제작하는 목적은 첫 번째가 돈을 벌기 위한 것이고, 두 번째가 자신들의 회사에 소속된 배우들을 키우기 위해서였다.

게다가 탁 국장 대신 참가한 DBS 드라마본부 장 본부장이 내놓은 출연진 명단은 정말 가관이었다.

주연부터 단역까지 심지어 행인 1, 2까지 모두 DBS와 관련된 배우 탤런트들이었다. 예외는 단 한 명도 없었다.

"아니, 우리 방송사에서 20억씩이나 대고 우리 방송사 창사 특집극을 만드는 데 다른 방송사에서 활동하는 배우를 왜 쓰나? 연기가 굉장하다고? 글쎄… 얼마나 굉장한 연기를 보여주는 배우인지 모르겠지만 우리 방송사에는 아카데미 여우주연상 후보에 노미네이트된 배우도 있어!"

이것이 아침부터 초지일관 주장해 온 장 본부장의 고견이었다.

당연히 다른 투자사들도 똑 같은 논리를 주장했고!

'이런 식으로 회의를 하다가는 내년이 돼도 끝나지 않는다. 팬들에게 약속한 대로 2주 후에 〈블랙엔젤〉 제작 발표회를 하고 곧 바로 제작에 들어가려면 더 이상 미룰 시간이 없어. 모양이 좀 빠지지만 내가 결정을 하는 수밖에!'

아침부터 지금까지 지켜만 보던 P&P의 박영찬 회장이 단을 내렸다.

"아시다시피 어떤 드라마나 영화를 제작할 때 배우들을 캐스팅하는 것은 감독의 절대적인 권한입니다."

박 회장이 짙은 블랙커피가 담긴 잔을 든 채 무겁게 입을 열었다.

"사흘 전 제가 탁 국장님을 뵙고 배역진에 대해 상의를 드렸더니 어제 명단을 주셨습니다. 그 명단을 기초하고 투자사들의 사정을 고려하여 〈블랙엔젤〉의 배역을 결정하도록 하겠습니다."

박 회장이 양복 안주머니에서 A4용지 한 장을 꺼냈다.

꿀꺽! 실내에 모여 있던 사람들이 마른침을 삼켰다.

"조금 불만이 있으시더라도 참아주시고 도저히 못 참겠다는 분이 계시면 즉시 이 방을 나가서도 상관없습니다. 가실 때는 꼭 우리 이 상무한테 계좌번호를 적어주시고 가시기 바랍니다. 내일 아침 은행 문이 열리는 대로 즉시 투자금액의 전액을 돌려드리겠습니다."

내 말에 불만이 있는 놈은 방 빼. 보증금은 당장 돌려줄게!

박 회장의 칼 같은 말이 떨어지자 DBS의 장 본부장과 한울타리의 경 사장은 표정 관리를 하느라고 애를 썼다.

반면에 극동연예의 배 사장과 K7의 지 대표는 똥 밟은 얼굴이 됐고!

"그럼 먼저 결정된 부문부터 발표를 하겠습니다. 〈블랙엔젤〉 감독은 제가 삼고초려를 한 결과 탁병무 국장님께서 고심 끝에 수락해 주셨습니다."

짝짝짝.

생뚱맞게 DBS에서 장 본부장을 보좌해 나온 젊은 여직원이 자신도 모르게 박수를 치다가 얼굴이 발개지면서 멈췄다.

박 회장이 여직원을 보며 미소를 지었다.

"그리고 남녀 주연은 정희준과 박지은으로 결정하겠습니다."

방금 박수를 쳤던 여직원이 다시 손을 들다가 멈췄다.

'쟤는 예능본부에서 전출 온 직원이 분명해. 본능적으로 박수를 쳐!'

박 회장이 이렇게 생각하면서 A4용지에 적힌 명단을 보다가 문득 어떤 생각이 떠오른 듯 한울타리의 경 사장을 쳐다봤다.

경 사장이 자리에서 조용히 일어났다.

"이번 〈블랙엔젤〉에 필요한 모든 인력, 엑스트라 단역 배우들은 한울타리의 경 사장이 맡았습니다."

경 사장이 무스를 발라넘긴 머리를 슬쩍 쓰다듬고 정중히 허리를 굽혀 인사를 했다.

"제가 이 자리에서 새삼 경 사장을 인사시키는 것은 장 본부장님을 비롯해 이 자리에 게신 대표들께서 경 사장을 많이 좀 밀어주셨으면 해서입니다. 뭐 단역 배우 몇 명 동원해 주고 수고비 좀 먹는 건데 그걸 배 아파하고… 유치해서 말을 줄이겠습니다."

박 회장이 정색하며 얘기하자 극동연예의 배 사장 등이 민망한 듯 시선을 돌렸다.

"말이 엉뚱한 곳으로 샜는데 계속하겠습니다. 남여 조연은 먼저 남자 조연 Z1에 지상욱 씨로 결정하겠습니다."

"꺄우!"

이번에는 K7의 지 대표 뒤에 서 있던 사내들이 환호성을 터뜨렸다.

지 대표가 얼굴을 붉히며 사내들을 돌아보며 눈짓을 했다.

"아, 좋아요! 대검 중수부에서 발표하는 무슨 범죄인 명단도 아닌데 박수도 치고 환호도 하세요!"

"하하하하"

장미실에 참석해 있던 이십여 명의 남녀가 웃음을 터뜨렸다.

"그리고 여자 조연 S1은……."

따르르릉!

갑자기 박 회장의 품속에서 전화 벨소리가 울렸다.

"죄송합니다. 전화를 좀 받겠습니다. 이 전화는 급한……."

박 회장이 전화를 꺼내며 일어섰다.

"뭐뭐? 알았어! 큰형님 병원이란 말이지? 당장 갈게!"

박 회장이 얼굴이 핼쑥하게 변한 채 전화를 껐다.

…….

실내가 냉수 뿌린 듯 조용해지면서 일제히 박 회장을 주시했다.

박 회장이 의자에 걸어 놨던 바바리를 걸쳐 입었다.

"이거… 이 상무!"

"예! 회장님."

박 회장이 테이블에 놓여 있던 A4용지를 이상무에게 건네줬다.

"지난번 명단, 당신 가지고 있지?"

"물론입니다. 회장님!"

"그, 그럼 내 대신 여기 앉아서 지금 준 명단하고 당신 명단하고 잘 대조해서 발표해. 무조건 오늘 내로 끝내고."

"알겠습니다. 회장님!"

박 회장이 전신을 가늘게 떨며 말까지 더듬었다.

"정말 죄송합니다. 집안에 급한 일이 생겨서 이만 실례하겠습니다."

박 회장이 장 본부장 및 투자사 대표들에게 공손히 허리를 굽히며 사과를 했다.

"허어, 이거 참! 뭔가 큰일이 나신 모양인데?!"

"어서 어서 가보시죠. 회장님!"

장 본부장 등이 분분히 일어서서 인사를 했다.

박 회장이 황급히 장미실을 빠져나갔다.

잡고 싶어도 도저히 잡을 수 없는 분위기였다.

천하의 박 회장이 몸을 떨면서 말까지 더듬었기 때문이었다.

이번에는 K7기획의 지 대표와 극동연예의 배 사장이 표정 관리를 하느라 애를 썼다.

장 본부장과 한울타리의 경 사장은 오만상을 썼고!

*　　　　*　　　　*

와장창!

소주병이 벽에 부닥치며 박살이 났다.

"이 상무— 이 개새끼!"

콸콸콸!

한울타리의 경 사장이 큼직한 음료수 잔에 소주를 가득 따르며 이를 뿌득뿌득 갈았다.

경 사장이 소주를 입에 쏟아부었다.

"푸우! 끓는다, 끓어! 재수도 정말 더럽게 없다. 더럽게 없어! 하필 그때 회장님 댁에 일이 터질게 뭐냐?"

다시 경 사장이 소주를 따르려 할 때 병이 바닥을 보였다.

"씨발! 이놈의 잔은 새나? 왜 이렇게 빨리 술이 떨어져. 야, 미스 송! 술 떨어졌다."

경 사장이 사무실 한편에서 눈치를 보고 앉아 있던 미스 송을 불렀다.

올해 35살 올드미스인 미스 송은 대외적으로는 한울타리아트의 경리과장으로 알려졌지만 경 사장의 실질적인 부인이라는 것을 연예계 사람들은 다 알았다.

"그, 그만 먹어요. 벌써 네 병이나 먹었어요!"

미스 송이 조심스럽게 말했다.

"야! 미스 송. 너 내가 언제 술 먹는 거 봤어?"

"그러니까 더 무서워요! 차라리 평소에 술을 먹는 사람이면 마음이라도 편할 텐데 생전 먹지도 않던 술을 막……."

─당신의 숨결이 멈춰진 저 바람 소리는 영혼의 흔적…….

그때 어디선가 채나가 부른 〈블랙엔젤〉의 OST곡 〈끝없는 사랑〉이 흘러나왔다.

"야, 음악 꺼! 무슨 저런 재수없는 노래가 다 있어? 씨발!"

경 사장이 소리를 빽 질렀다.

"진짜 무슨 일이에요? 자, 자기, 아니, 사장님이 저 노래를

천 번도 더 들었어요. 맨날 환장하겠다면서! 대체 어떤 일이 있었기에 그렇게 좋아하는 노래까지 끄라고 난리를 치는 거예요?"

"……."

경 사장과 미스 송이 동거를 시작한 지 벌써 오 년이 넘었다. 미스 송은 경 사장 눈빛만 봐도 기분을 잘 알았다.

─피보다 진한 눈물 눈물보다 맑은 피는 우리 사랑의 순간.

계속해서 채나의 목소리가 흘러나왔다.

"으흐흐흐! 그래. 저 대목 저거! 피보다 진한 눈물 눈물보다 맑은 피 우리 사랑의 순간… 진짜 살 떨려! 환장하겠어."

실은 지금 흘러나오는 이 〈끝없는 사랑〉은 미스 송이 아까 틀어놨다.

경 사장이 이 노래를 너무 좋아하기에 조금이라도 기분을 풀어주려고.

"저, 저기 지금 새벽 세 시예요. 여기 자기하고 나밖에 없고! 어떤 얘기든 다 해도 돼요."

"이리 와!"

"아이……."

미스 송이 조용히 경 사장의 품에 안겼다.

"미안하다. 이번 일 끝내고 너랑 식 올리려고 그렇게 뛰어다녔는데 쌍!"

"그, 그럼 〈블랙엔젤〉 잘못된 거야? 자기야."

미스 송이 연예계에서 오랫동안 굴러먹은 구렁이답게 금방 눈치를 깠다.

"씨발! 운이 안 따라줘. 작년 내내 개 발에 땀 나도록 쫓아다녔는데 한 방에 날아갔어."

"……!"

미스 송이 말을 아꼈다. 경 사장은 입을 떼기가 어려워 탈이지 한번 말을 빼면 줄줄이 다 불었다.

"야, 마누라! 너 이런 드라마 봤냐?"

"어, 어떤 드라마 말이에요?"

경 사장이 기분이 조금씩 나아지는지 아니면 술기운인지 마누라라는 호칭을 썼다. 평소에는 절대 입에 올리지 않는 말이었다.

"현찰 백억 이상이 투자되고 탁병무 감독에 준사마하고 빅마마가 주연이야. 김채나가 부르고 한미래가 피처링한 OST CD가 드라마는 숏도 안 들어갔는데 벌써 5백만 장이 넘게 팔렸대! 크큭! 이런 드라마 봤냐구?"

"매스컴에서 〈블랙엔젤〉 원본까지 분석하면서 난리예요. TV, 신문, 인터넷 할 것 없이 초대박 드라마라고 떠들어요."

경 사장이 뻔한 질문을 했음에도 미스 송이 진지하게 대답했다.

"그 초대박 드라마에 우리 애들이 몽땅 출연할 수 있었는데 씨발! 푸후후후후후……."

경 사장이 다시 욕을 하며 한숨을 길게 쉬었다.

"다섯 개 모두 놓친 거야?"

미스 송이 이미 짐작한 듯 핵심을 찔렀다.

"이 상무 새끼가 바꿔 주드라! 우리가 노리던 다섯 개 배역하고 S1하고."

"악!"

미스 송 눈이 배구공만큼 커지며 비명을 터뜨렸다.

미스 송은 여고를 졸업한 뒤 한울타리 아트에서 오랫동안 근무한 덕에 어떤 면에서는 경 사장보다 연예계 소식에 더 정통했다.

다섯 개 배역과 S1을 바꿨다는 경 사장 말을 잘 알아들었다.

S1이 비록 여자 조연급 배역이었지만 기획사 입장에서는 중견 배우가 다섯 명이나 들어가는 준조연급 다섯 개 배역하고는 비교 자체가 안 됐다.

주연급 배역이라면 여자든 남자든 하나만 따도 괜찮았다.

홍보도 충분히 되고 연기에 조금만 신경을 쓰면 CF도 몇 개 건질 수 있어서 여러 면으로 짭짤했다.

하지만 조연급은 아니었다. 말 그대로 조연이었다. 위에서는 주연들에게 치이고 아래서는 준조연급들에게 받치고! 그렇다고 개런티가 특별히 많지도 않았다.

뭐 조연급이라도 좀 튀는 배역이라면 그래도 몇 가지 부가 있다.

하지만 〈블랙엔젤〉의 S1이란 배역은 대통령 영부인의 여자 경호원으로 얼굴은 주연급만큼 비추지만 대사가 거의 없는 인형 같은 배역이었다.

전문가들이 말하는 소위 〈역동적인 내면의 연기〉를 발휘해야 하는 그런 배역이었고, 배우들이 가장 싫어하는 〈얼음공주〉 배역이었다.

S1이란 배역은 한마디로 빛 좋은 개살구였다.

그런 개살구하고 대사도 만만찮게 많고 애드리브까지 칠 수 있는 알토란같은 배역 다섯 개하고 어떻게 맞바꾼단 말인가?

"저, 정말 이상하네? 자기가 하도 조르니까 회장님이 웃으시면서 약속하셨다면서! 근데 왜 갑자기 이 상무가 나서? 지가 뭔데?"

"회장님께서 막 우리 애들 배역을 부르려다가 급한 연락이 와서 황급히 나가셨어. 대신 이 상무 새끼가 들어서서 일을 개판으로 만들고. 씨발 놈!"

"어머머머! 이게 무슨 일이래? 우리 고사 다시 지내야겠다. 하필 그때? 그럼 우리가 노리던 배역이 몽땅 K7기획으로 넘어간 거야?"

"그래! 이 상무 그 개새끼가 K7기획 지 대표 불알친구라는 거 세상이 다 알잖아. 씨발 놈이 서슴없이 부르더라구."

"그, 그럼 인력은? 사람들도 우리가 넣지 못하는 거야?"

"그건 간단히 끝났어. 회장님이 그건 내 밥그릇이라고 누구도 건드리지 못하게 엄명을 내리셨어."

"아후후후후! 감사합니다. 회장님!

미스 송이 기도하듯 양손을 모으고 기성을 토했다.

"푸후! 회장님이 나를 자리에 세우기까지 하셔서 게임 끝났구나 했는데?"

와자장창!

경 사장이 생각할수록 열이 받는지 또다시 소주병을 집어던졌다.

"이 상무 이 씹째끼를 죽이지 않으면 내가 뒈질거다. 후우우우!"

경 사장이 사무실이 떠나가도록 한숨을 쉬었다.

㈜한울타리 아트는 주로 방송사나 영화사에 단역배우 엑스트라들을 공급하는 인력 회사였다. 사장인 경정수는 연예계에서 엑스트라 조합장, 단역배우 할배로 통했다.

경 사장은 이 소리가 듣기 싫어서 십여 명의 중견배우와 계약해 매니지먼트를 해주며 한울타리 이름을 연예기획사로 바꾸었다.

그 배후에는 십여 년 전 교통사고를 처리해 주면서 친해진 P&P의 박 회장이 있었다. 사실 경 사장이 〈블랙엔젤〉에 투자한 5억도 3억은 박 회장 돈이었다.

박 회장이 워낙 경 사장을 신뢰했기에 경 사장을 어떤 식으로든 키워주려고 했고 주위에서는 그 꼴이 배가 아파서 태클을 걸었다.

따르르릉.

미스 송의 품에서 전화 벨소리가 들렸다.

"뭐야 씨발! 이 새벽에?"

"그, 글쎄? 지금 이 시간에 전화할 사람이 없는데?"

미스 송이 경 사장의 갈라진 목소리를 받으며 휴대폰을 살폈다.

미스 송의 눈이 커졌다.

"회, 회장님이세요! 박 회장님."

미스 송이 휴대폰을 경 사장에게 내밀며 외쳤다.

"뭐, 뭐? 아니, 회장님이 왜 미스 송한테 전화를 하셨지?"

경 사장이 당황하며 전화를 받았다.

"니미! 아까 내 휴대폰은 깨 부셨지?"

퍽! 경 사장이 자신의 머리통을 때렸다.

"죄, 죄송합니다, 회장님! 술 한잔 먹고 오다가… 괜찮습니다."

경 사장이 아주 정중하게 전화를 받았다. 미스 송에게 툴툴거리던 음성과는 전혀 달랐다. 거의 하늘나라에 계신 분과 통화를 하는 것 같았다.

"예에! 그렇게 하겠습니다. 고맙습니다. 이 은혜는 꼭 갚겠습니다. 그럼요. 이 상무가 착각할 수도 있죠, 오해하지 않습니다. 어쨌든 제자리로 왔지 않습니까? 예! 들어가십시오. 회장님!'

경 사장이 미스 송 휴대폰에 대고 큰절을 했다.

빽! 경 사장이 주먹으로 그대로 벽을 쳤다.

"씨발─ 됐다 됐어!"

"회, 회장님께서 해결해 주신 거예요?"

"그래! 박 이사가 S1에 자기 후배를 캐스팅 했대. 회장님은 S1이 K7기획에 떨어진 줄 아시고 지 대표에게 연락했다가 상황을 다 아시 게 됐어. 이 개새끼 이 상무 놈은 착각했다고 오리발 내밀고!"

"정말?? 그럼 우리 회사 배우 다섯 명 모두 캐스팅된 거야?"

"그래! 현수, 호영이, 미진이 당장 사무실로 들어오라고 해."

"네에! 사장님."

미스 송이 사무실 저편에 있는 전화 쪽으로 나비처럼 날아 갔다.

"역시 토정비결이 정확하다니까! 오월에 횡액을 당하고 귀인이 나타나 구할 수라더니? 이 상무 개새끼가 똥탕을 튀기고 상상도 못했던 박 이사가 나타나 구해주네. 흐흐흐!"

한울타리 아트 경 사장이 세상에서 믿는 것은 딱 둘이었다.

P&P의 박 회장과 토정비결.

4장

블랙엔젤

〈VIP 박지은 님〉

깨끗한 아이보리 색 출입문 위에 이런 이름표가 붙어 있었다.

P&P 박 회장이 휴대폰을 든 채 씩씩하게 문을 밀고 들어갔다.

"얘기 됐어, 오빠?"

박지은이 초록색으로 된 〈충무대 의료원〉의 환자복을 걸친 채 침대에 누워 링거를 맞고 있었다.

신기한 것은 환자복을 입고 링거를 맞는데도 기품이 있고 예쁘다는 사실이었다.

"OK! 네 후배가 S1으로 결정됐다. 이 사실은 우리 P&P가 〈블랙엔젤〉에서 철수하지 않는 한 바뀌지 않는다."

박 회장이 웃으면서 박지은이 누워 있는 침대 쪽으로 다가갔다.

"고마워, 오빠!"

"녀석! 고마워할 것 없다. 사실 S1은 계륵 같은 배역이었어. 먹자니 목에 걸리고 뱉자니 아깝고!"

박지은이 인사를 하자 박 회장이 손을 흔들었다.

"후후! 진짜 기대돼. 걔가 정말 좋아할 거야. 옛날부터 연기를 하고 싶어 했거든!"

박지은이 막 깨어난 환자답지 않게 해맑게 웃었다.

"어이, 노 부장! 박 이사 왜 이러냐? 사람 간 떨어지게 해놓고 깨어나더니 피실피실 웃는 게 영 수상하다. 머리 같은데 CT(컴퓨터단층촬영)라도 한번 찍어 봐야 하는 거 아냐?"

박 회장이 갸우뚱하면서 병실 한편에 조용히 서 있는 노민지를 쳐다봤다.

"그, 글쎄요? 아까 원장님께서 MRI(자기공명촬영)까지 모조리 찍으셨어요. 전혀 이상 없으시다고 하셨어요. 회장님!"

노민지가 당혹해했다.

"하하! 그럼 다행이구. 평소에 이렇게 웃는 놈이 아니잖아?"

"오빠? 내가 그럼 늘 울고 다녔나 뭐!"

"해맑게 웃는 네 모습을 보니 괜히 기분이 좋아서 하는 말이다."

박 회장이 박지은의 뺨을 톡톡 쳤다.

"그건 그렇고, 네 후배 이름이 뭐냐? 이름이라도 알아야 어디 얘기를 할 거 아냐? 프로필 좀 불러봐!"

박 회장이 볼펜과 수첩들 든 채 의자를 끌어다 놓고 앉았다.

"이름은 김채나!"

"김채나, 김채나? 어디서 많이 듣던 이름이네! 설마… 그 유명한 김채나는 아니겠지?"

"후! 맞아. 오빠가 지금 생각하는 외계인 가수 김채나!"

꽝!

갑자기 박 회장은 큼직한 떡메로 머리통을 맞은 것 같았다.

"기, 김채나가 〈블랙엔젤〉에 S1으로 출연하겠대? 연기나 할 줄 알아?

"채나 들으면 섭섭하겠다. 걔 미국 UCLA 연극영화과 출신이야."

"그래그래! 하도 말을 많이 들어서 김채나 프로필은 깡그리 외웠다. 아, 아니, 지금 내가 그걸 물어보려 한 게 아닌데?!"

대한민국 연예계의 총통이라는 P&P의 박 회장도 김채나가 〈블랙엔젤〉에 S1으로 출연한다는 박지은의 얘기를 듣고 당황했다.

그만큼 김채나라는 이름이 주는 폭발력이 강했다.

빅마마 박지은은 박 회장의 막내 동생으로 박지은이 어릴 때 업어도 주고 기저귀도 갈아줬다.

아역배우로 활동할 때는 전담 매니저였고!

당연히 형제들 중에 가장 가까웠다.

"아! 그리고 김채나가 〈블랙엔젤〉 OST도 불렀잖아? 〈끝없는 사랑〉!"

"품절이래요, 회장님! 사흘 전에 CD 사러 갔더니 예약하고 일주일쯤 기다려야 한대요."

박 회장이 김채나라는 이름을 듣고 당황해 횡설수설할 때 노민지가 더 이상 참지 못하고 끼어들었다.

"하하하! 이제 한 달쯤 기다려야 할 거야. 어제 〈김채나 스페셜 앨범〉 찍던 공장에 불이 났대. 밤낮 없이 돌려대니까 기계가 열 받은 거지."

"세, 세상에 CD 공장에 불이 날 정도예요?"

"지금 대한민국 최고의 히트 상품은 김채나야. 자동차나 전자제품이 아니냐. 미국 메이저 레코드사 PD 말에 의하면 〈김채나 정규 앨범〉이 발매돼 세계시장에 깔리면 충분히 빌리언셀러가 가능하다더라."

"우와! 우리 교주 굉장하네. 밀리언두 아니구 빌리언이야? 1억 장!"

"그러니까… 이제 내 정신이 돌아왔다."

박 회장이 쓴웃음을 지으며 자신의 머리를 톡톡 쳤다.

"확실히 집고 넘어가자. 박지은! 김채나가 〈블랙엔젤〉에 출연……."

"100%!"

박지은이 엄지를 치켜세우며 박 회장의 말을 중간에서 잘랐다.

"크흐!"

박 회장이 기성을 토하며 두 손을 번쩍 들며 의자에 몸을 기댔다. 그리고 볼펜을 입에 물고 생각에 잠겼다.

"김채나가 OST를 부르면서 S1으로 출연한다? 귀찮지만 제로 베이스에서 다시 시작해야겠군."

박 회장이 혼잣말처럼 얘기했다.

"무슨 말이야, 오빠?"

"김채나가 출연함으로써 이제 〈블랙엔젤〉은 판돈이 천억 이상 걸린 승률 100%짜리 게임으로 바뀌었다. 당연히 그 게임에 맞게 시나리오부터 모든 기획도 바뀌야지!"

박 회장이 눈을 빛냈다.

"아무튼 고맙다. 박지은! 우리 머리 좋고 예쁜 막내 덕분에 이 오빠가 드디어 재벌 되는구나. 흐흐흐……."

박 회장이 장난스럽게 박지은의 머리를 쓰다듬었다.

덜컹!

그때, 노크도 없이 문이 열리며 〈충무대 의료원〉 의사 가운을 걸치고 금테 안경을 쓴 오십대 사내와 검은색 양복의 중년 사내가 들어왔다.

박지은의 큰오빠인 충무의대 부속 강북의료원 박영석 원장과 둘째 오빠인 대검찰청 차장인 박영남 검사였다.

"하! 둘째 형님도 오셨네?"

박 회장과 노민지가 황급히 인사를 했다.

"오! 박 회장 왔구나."

박 검사가 미소를 띠며 박 회장과 노민지와 악수를 나눴다.

"뭐야, 이 자식은? 쓰러졌다고 해서 빤스 바람에 튀어 왔더니 나보다 더 쌩쌩하잖아."

박 검사가 웃으면서 박지은에게 다가왔다.

"괜찮아! 좀 피곤했나 봐."

박지은이 얼굴을 붉히며 말했다.

"됐다! 우리 국민배우 빅마마의 얼굴을 이렇게라도 봤으면 영광이지."

박 검사가 박지은의 이마를 툭툭 쳤다.

"형님! 막내 진짜 이상 없는 거요?"

박 검사가 옆에서 박지은의 맥박을 체크하는 박 원장에게 물었다.

"그래! 좋아. 자네나 나보다 훨씬 건강해."

박 원장이 박지은의 손목을 잡은채 묵뚝뚝하게 대답했다.

박 원장과 박 검사는 오십대 중반이었다. 친오빠들이었지만 박지은에게는 거의 아버지뻘이었다. 그만큼 대하기가 쉽지 않은 사람들이었다.

"어이, 박 회장! 당신 막내 너무 혹사하는 거 아냐? 돈벌이에 눈이 벌개져서 뺑뺑이 돌리는 거 아니냐구?"

"왜요? 조사하셔서 저 잡아들이시게요?"

박 회장이 이죽거렸다.

"그럼! 우리나라 연예계에 악질들이 얼마나 많은지 당신이 더 잘 알잖아? 아 그리고 말이 나온 김에 이따가 내 사무실로 계약서 좀 보내봐. 막내랑 맺은 계약이 정당한지 신중하게 검토를 해봐야겠어."

"잘 알겠습니다. 이왕이면 이참에 둘째 형님께서 노 부장 대신 막내 매니저로 나서시죠? 전직 검사가 매니저를 하면 막내가 어디 가서 사기 당할 염려는 없겠죠 뭐!"

"으으… 내가 싫어. 둘째 오빠는 너무 구려. 술 냄새 담배 냄새!"

"하하하핫!"

박지은이 크게 머리를 흔들며 애기하자 박 회장 등이 대소를 터뜨렸다.

실은, 박지은과 노민지는 아까 〈동해〉에서 채나와 깡패들이 버린 심야의 활극에 대해서는 박 회장에게도 애기하지 않았다.

왜냐하면 잠시 후에 등장할 이분이 그 사실을 알면 박지은을 아예 연예계에서 은퇴를 시킬 것이기 때문이었다.

　똑똑!

　그때 노크 소리와 함께 문이 열리며 반백의 머리에 금테안경을 쓰고 짙은 군청색 양복을 걸친 깡마른 노신사가 수행비서와 함께 병실에 들어섰다.

　이분이었다.

　"어? 아빠!"

　박지은이 깜짝 놀라며 노신사를 바라봤다.

　"아! 아버님 오셨습니까?"

　"아, 아니, 제주도 워크숍에 가셨다더니?"

　박 원장 등이 분분히 일어서서 인사를 했다.

　"험! 지금 제주도에서 막 올라오는 길일세!"

　이 노신사는 박지은의 친아버지로 충무의대 이사장 겸 강남의료원 원장인 박효원 박사였다.

　"막내 괜찮은 건가? 박 원장!"

　박효원 박사가 침대 앞에 놓인 의자에 앉으며 박 원장에게 물었다.

　"과로로 인한 쇼크였습니다. 하루만 쉬면 거뜬할 겁니다. 아버님!"

　박 원장이 고개를 주억거리며 대답했다.

　"자네는 배우 박지은의 소속사 오너이기 전에 친오라비일

세. 내가 막내에게 배우 활동을 계속하게 한 것은 다 자네를 믿었기 때문이야. 한데 애가 과로로 쓰러질 정도라면 어떻게 자네를 믿고 맡기겠는가? 내 말이 과한가?"

박효원 박사가 묵직한 노성으로 박 회장을 꾸짖었다.

"아, 아닙니다, 아버님! 입이 열 개라도 할 말이 없습니다."

박 회장이 깊숙이 머리를 숙였다.

"됐네! 자네도 평범한 사람은 아니니 내 이만하지. 다시는 실수하지 말게!"

"명심하겠습니다. 아버님!"

올해 나이 여든인 박효원 박사는 한국 의학계의 태두로서 〈메스의 마술사〉라는 별명이 있을 만큼 아주 유명한 외과의사였다.

슬하에 5남 1녀를 뒀는데 그중 첫째가 강북의료원 박영석 원장이었고, 둘째가 대검찰청 차장인 박영남 검사였다. 셋째가 박 회장 넷째가 대전 의료원 박영갑 원장이었고, 다섯째가 서울지방법원 형사부 박영신 판사, 막내가 박지은이었다.

다섯 명이 서울대학교 출신이었고 나머지 한 명은 미국 하버드대를 졸업했다. 한집안에서 한 명도 가기 힘든 서울대학교를 다섯 명이 졸업했고 한 명은 미국 하버드대 출신이라니?

매스컴에서는 서슴없이 대한민국 최고의 명문가로 꼽았다.

"너도 그렇지, 이놈아! 일이 힘들면 좀 쉬면서 할 것이지 어떻게 이틀 밤을 새면서 해? 왜 늙은 애비 초상 치르고 싶어서 안달이 난 게냐?"

박효원 박사가 손수건으로 얼굴을 닦으며 박지은을 노려봤다.

"아휴… 아빠가 잔소리하니까 벌써 링거액이 들어가다가 멈춘다. 걱정 마. 앞으로 몸 관리하면서 일할게!"

박지은이 얼굴을 찌푸리며 말을 받았다.

"오냐! 이참에 건강 체크도 한 번하고."

"응! 아빠 말 잘 알았어. 근데 아빠 피곤하지 않아? 나 씩씩하니까 집에 가서 쉬어도 돼. 진짜 괜찮아. 아빠!"

"예끼 이놈— 애비가 잔소리 좀 한다고 벌써 귀찮아하는 거 봐라?"

"히! 그런 건 아니야."

"아니긴 뭐가 아냐, 이놈아? 네 속이 훤히 보인다, 보여!"

"아빠 삐진 거야? 우리 아빠 삐졌구나, 그치?"

"이놈이 아주 늙은 애비를 데리고 놀아요! 그래, 이놈아 삐졌다. 어쩔래?"

"후우! 아빠 손……."

"다 큰 녀석이 어린애처럼 무슨 손을 잡아달래? 에잉!"

팔순이 넘은 박효원 박사가 못 이기는 척 손을 뻗었고 박지은이 늙은 아버지의 손을 잡았다.

그때까지도 박효원 박사의 손이 벌벌 떨리고 있었다.

얼마나 놀랐는지!

제주 KAL호텔에 묵고 있던 박효원 박사는 노민지의 전화를 받고 그 길로 응급 헬기를 수배해 타고 서울 서대문의 강북의료원 헬기장까지 날아왔던 것이다.

이처럼 박효원 박사의 딸에 대한 사랑은 유별났다.

그럴 수밖에 없는 것이 박효원 박사가 아들 다섯을 낳고 마지막으로 낳은 자식이 박지은이었다.

말 그대로 쉰둥이였다.

한데, 그 쉰둥이가 그 예쁜 딸이 초딩 일학년 때 자폐증세를 보였을 때는 정말 얼마나 당황하고 자책했는지 모른다.

늙어서 낳은 자식이라는 당연한 망령!

혹시 하는 심정으로 보낸 연기 학원에서 여러 배역을 연습하면서 가벼운 운동을 꾸준히 하자 거짓말처럼 자폐증세가 사라지고 누구도 따라올 수 없을 만큼 총명해졌던 것이다.

박효원 박사가 얼마나 좋았으면 박지은의 초딩 일학년 가을 운동회 때 환갑의 나이로 〈아빠와 달리기〉 대회까지 참가했을까?

덕분에 대한민국 최고의 명문가라는 집안에서도 그 대쪽 같은 박효원 박사조차도 박지은의 배우생활을 반대하지 못했다.

박지은의 나이 서른이 넘은 지금도 못 미더워서 팔순 노구를 이끌고 아무도 몰래 촬영장에 따라가 지켜보는 사람이 바로 박효원 박사였다.

당연히 박지은은 별명대로 마마처럼 자랐다.

*　　　*　　　*

충무대 강북의료원의 한 병실에서 서른 넘은 딸이 팔순이 넘은 늙은 아버지의 손을 잡고 잠을 청할 때, 아마추어 복싱선수로 서울체육고등하교 2학년에 재학 중인 빼철이는 막 잠에서 깨어나 운동화 끈을 조이고 있었다.

아빠 엄마가 운영하는 신문보급소에 나가 땜방을 해야 했다. 개봉3동을 맡고 있는 이씨 아저씨가 교통사고가 나서 신문을 배달할 사람이 없었기 때문이다.

이렇게 빼철이는 합숙이나 시합이 없고 집에서 학교를 다닐 때는 아빠 엄마를 도와 신문을 배달했다. 아빠는 신문 배달료를 십 원짜리까지 계산해서 빼철이 주머니에 넣어줬고!

빼철이는 신문을 배달할 때 절대 오토바이나 자전거를 타지 않았다.

무조건 뛰었다. 양쪽 어깨에 이백 부나 되는 신문을 메고 비지땀을 흘리면서 뛰었다. 그럼 복싱선수인 빼철이에게 꼭 필요한 어깨와 하체 강화 훈련이 자연스럽게 됐다.

휘익! 탁!

빼철이가 주소를 확인하면서 숙달된 솜씨로 신문을 한 부씩 던져 넣었다.

촤라라락… 철퍽!

이 층 집에 던졌던 신문이 계단에 맞으면서 다시 바닥으로 떨어졌다.

"으이구! 아직도 이 층은 잘 안 되네."

신문을 접어 이 층 집에 정확히 던져 넣는 것은 생각보다 어렵다.

뺀철이는 신문배달도 복싱처럼 아마추어였다.

"째, 째나잖아?!"

〈째나〉는 채나 누나의 줄임말로 강동주 체육관에 다니는 뺀철이 일당들이 쓰는 말이었다.

〈세계적인 가수 K양! 조폭들 일거에 박살!〉

어젯밤, 가수 선정에 앙심을 품은 두목 남일두를 비롯한 일두파 폭력 조직원 삼십여 명이 생선회칼과 야구방망이 등으로 무장한 채 DBS 예능 프로그램인 〈우스타〉 출연진들의 회식 장소에 난입…〈중략〉……. 무술의 고수인 인기 가수 K양이 조폭들의 무기를 뺏어…〈하략〉…….

뺀철이 잘못 던져 펼쳐진 신문에는 주먹만 한 크기로 제목을 뽑고 어젯밤 〈동해〉에서 있었던 채나의 생선회칼 춤을 보도하고 있었다.

뺀철이가 잽싸게 신문을 접고 다른 신문을 펼쳤다.

〈연약한 조폭? 가수 K양이 조폭?〉

생선회칼과 일본도등으로 무장한 남일두파 폭력조직원 오십여 명이 심야에 회식 장소에 난입 …〈중략〉… 목격자들의 말을 빌면 가수 K양은 마치 양 떼들을 물어뜯는 늑대처럼…〈하략〉……

역시 이 신문에도 사회면 톱기사로 대문짝만 한 제목 밑에 〈동해〉에서 채나가 벌린 심야의 활극을 보도하고 있었다. 단지 조폭들의 숫자만 다를 뿐이었다.

삼십 명에서 오십 명까지!

〈외계인 가수 지구의 깡패들을 소탕하다〉
〈세계적인 가수 K양! 세계적인 무술 고수!〉
〈인기 가수 K양! 조폭들에게 노래 아닌 주먹 쓰는 법 지도?〉

깐철이가 계속해서 펴본 신문들은 약속이나 한 듯 사회면 톱기사로 채나의 활약상을 보도했다.

모든 신문이 채나가 노래를 부르는 흐릿한 사진과 함께 채나의 본명은 밝히지 않고 K라는 이니셜만 썼지만 가요에 관심 있는 독자들이라면 한눈에 K가 김채나라는 사실을 알 수 있었다.

신문들이 이 사건을 이토록 경쟁하듯 대대적으로 보도하

는 것은 사건의 주역이 대한민국 연예계의 최대 블루칩으로 꼽히는 채나였기 때문이었다.

채나가 기침만 살짝 해도 김채나 와병설이 떠도는 판에 이 토록 대형 사고를 터뜨렸으니 매스컴이 광분할 수밖에 없었다.

"큭큭큭!"

뺀철이가 신문을 주섬주섬 챙겨 들며 개구쟁이 같은 웃음을 터뜨렸다.

"째나한테 걸리면 조폭 아니라 핵폭이라도 디져!"

뺀철이가 세종대왕 다음으로 존경하는 사람이 〈째나〉였다.

뺀철이는 채나가 그동안 주먹과 야구방망이로 열심히 지도해 준 덕분에 지난번 회장기 대회 준우승에 이어 이번 대통령배 대회에서 우승을 했다.

이미 입학이 확정된 한국체대에서 장학금까지 주겠다는 연락을 받았다.

슉슉슉!

양쪽 어깨에 신문 백 부씩을 걸친 뺀철이가 양손으로 스트레이트를 뻗으며 새벽녘의 서울 변두리 골목길을 달려갔다.

*   *   *

그날 저녁 DBS TV 8시 뉴스에서는 아주 간단하게 이 사건을 보도하고 지나갔다.

하지만 KBC와 MBS 양대 방송사의 9시 뉴스에서는 사회부 기자까지 동원해서 이른바 〈동해 횟집 조폭 난입 사건〉이라는 선정적인 제목까지 붙이고 사건을 시간별로 재구성까지 하면서 자세히 보도했다.

역시 경쟁 방송사답게 사건과는 전혀 관계가 없는 민영방송사 DBS의 방만한 경영과 〈우스타〉의 잘못된 제작과정 등을 신랄하게 비판하는 것을 잊지 않았다.

이틀 후, DBS 〈우스타〉 홈피에 사과 공지가 짧게 떴다.

이른바 〈동해 횟집 조폭 난입 사건〉으로 인하여 본의 아니게 사회에 물의를 일으킨 점 엄중 사과드립니다.

이에 제작진들은 깊은 반성을 하고 좀 더 나은 방송이 되도록 최선을 다하겠습니다.

〈우스타 제작진 일동〉

그러자 기다렸다는 듯 댓글이 달렸다.

―삼가 고개 숙여 조폭 잡는 가수 김채나 씨에게 경의를 표합니다. 우리 모두 살신성인의 귀감이 된 김채나 씨를 국회를 보냅시다.

―국회에는 쓸데없는 인간들이 너무 많아요. 청와대로 보내야 돼요.

—맞습니다. 그래야 정신 못 차리는 놈들은 야구방망이로 조지고 그래도 정신 못 차리면 회칼로 살짝 살짝 포를 떠주면서 국가를 경영하죠.

　—채나 채나 김채나 김채나 청와대 청와대 청와대 청와대.

　—할렐루야! 우리 교주님이 계신 〈동대문 성전〉을 리모델링합시다. 아주 새파란 색깔의 청기와로 지붕을 입혀 주자구요.

　항상 어느 조직이든 과잉 충성하는 위인들이 있다.

　〈우스타〉 홈피에 달린 댓글들 〈국회〉, 〈청와대〉등은 과잉 충성을 하는 위인들에게는 좋은 먹이 감이었다.

　윗분에게 잘 보일 절호의 기회였다.

＊　　　＊　　　＊

　—지금 니가 덩어리 크다고 겁 주냐?

　—네 말대로 치료비는 각자 부담! 뒈져도 상대방 원망 안 하기! 치치치직……

　노이즈가 심하고 마구 떨리는 모니터의 화면 속에서 채나의 음성이 들리고 채나처럼 보이는 인물이 흐릿하게 등장했다.

　—깡패 새끼들이 설치면 어떻게 되는지 보여주마!

　계속해서 채나의 음성이 들려오고 마구 흔들리는 화면 위로 깡패들이 야구방망이를 휘두르고 머리가 긴 날렵한 그림자가 회칼을 휘두르는 모습이 흐릿하게 떠올랐다.

—크아아아악! 크악!

화면 속에서 찢어지는 듯한 비명 소리가 들리고 깡패들이 쓰러지는 모습이 비춰졌다.

—칼을 들고 설쳐서 칼을 좀 쓰는 줄 알았더니 영 아니야. 가르쳐 주지.

다시 심하게 흔들리는 화면 속에서 채나의 음성이 들리고 채나가 칼을 휘두르는 뒷모습이 아주 작게 보였다.

팟!

모니터가 꺼지고 실내가 밝아졌다.

"여기까지입니다. 모두에 말씀드렸듯 이 필름은 〈태황비〉 제작진의 김주 PD가 쫑파티를 촬영하려고 우연히 소지하고 갔던 캠코더에서 빼온 것입니다."

DBS 홍의천 예능 본부장이 리모컨을 든 채 50인치 대형 모니터 옆에 서서 브리핑을 하고 있었고, 김태형 회장 등 십여 명의 DBS 최고 경영진이 원탁에 모여 앉아 홍 본부장의 브리핑을 들으며 모니터를 주시하고 있었다.

"필름의 화질이 엉망인 것은 김 PD가 직접 촬영한 것이 아니고 깡패들이 난입하자 놀란 김 PD가 캠코더를 바닥에 떨어뜨렸고 켜져 있던 캠코더가 혼자서 촬영을 한 것입니다. 주인보다 훨씬 똑똑한 캠코더였습니다."

홍 본부장이 꽤 괜찮은 유머를 날렸는데도 듣는 사람도 날린 사람도 전혀 표정이 없었다.

홍 본부장이 딱딱한 어투로 브리핑을 끝내고 입을 꾹 다물었다.

"이 필름만으로는 도저히 김채나가 조폭들을 향해 먼저 칼이나 야구방망이를 휘둘렀다는 증거가 안되겠구만!"

김태형 회장이 팔짱을 낀 채 묵직하게 입을 열었다.

"그렇습니다. 그냥 김채나가 그랬나 보다 정도지요. 확실한 물적 증거는 없습니다."

"하지만 목격자가 삼백 명이 넘어!"

홍 본부장이 설명하고 김태형 회장이 반론을 폈다.

"그들은 하나같이 조폭들이 먼저 김채나를 향해 야구방망이를 휘두르고 회칼을 날렸다고 증언하고 있습니다. 김채나에게 당했다는 조폭들조차 자신들이 먼저 김채나를 공격했다는 것을 인정했습니다. 김채나에게 사과의 말도 전했구요. 그 사실은 KBC 9시 뉴스와 직접 인터뷰를 했더군요. 이 사건은 누가 봐도 정당방위……."

"좋아! 그럼 이렇게 하자구!"

김태형 회장이 좀 더 강력하게 주장하려고 하는 홍 본부장의 말을 자르며 결론을 내렸다.

"밤 8시 뉴스에 간단한 사과 방송을 하고 〈우스타〉를 한 주 결방해. 그리고 김채나를 〈우스타〉에서 빼!"

⋯⋯.

순간, 회의실 내가 냉수 뿌린 듯 조용해졌다.

"지금 김채나를 〈우스타〉에서 빼라고 하셨습니까? 회장님!"

홍 본부장이 눈을 번쩍이며 다시 한 번 확인했다.

"그래! 이제 상황을 잘 알겠어. 분명한 것은 김채나가 너무 날뛰어서 사회적인 파장이 커졌다는 거야. 그건 김채나가 아무리 정당방위고 정의의 사도고 뭐고 우리 DBS 입장에서 볼 때는 피해가 온다는 점이야. 더욱이 가수는 공인이야. 공인이 칼을 들고 설친다는 것은 있을 수 없는 일이지!"

세상은 이렇게 복잡하다.

채나의 입장에서 볼 때 〈동해 회집〉에서 휘두른 회칼이 정당방위였지만 DBS의 사주 입장에서 생각할 때는 김 회장의 주장도 과히 틀리지 않았다.

"김채나가 시비를 먼저 걸은 건 아니니까 〈우스타〉에서 만 빼. 아직 시작도 하지 않은 〈수음세〉야 상관없구!"

김태형 회장이 다시 한 번 확실하게 결론을 내렸다.

홍 본부장도 확실하게 결론을 내렸다.

"잘 알겠습니다! 이번 사건의 책임 소재를 따진다면 분명히 우리 예능본부 간부들에게 있습니다. 저와 양 국장, 방 국장, 백 부장, 김차장 등은 그 책임을 통감하고 사표를 제출하겠습니다. 백 부장을 도와준 정의의 사도 김채나는 그냥 〈우스타)에 남겨주십시오. 회장님!"

"자, 자네 지금 무슨 소리하는 거야? 홍 본부장!"

홍 본부장이 이미 예능본부 간부들과 의논이 끝난 듯 국장과 차장 등과 함께 연대사표를 제출하겠다고 하자 김태형 회장이 화들짝 놀랐다.

"잠시 기다려 주십시오. 즉시 사표를 써서 가지고 올라오겠습니다."

홍 본부장이 정중히 인사를 했다.

"야! 홍 본부장!"

"저는 이제 본부장 계급장을 뗐습니다. 회장님!"

"야, 임마! 홍의천이!"

김태형 회장이 얼마나 다급했는지 사석에서 부르는 호칭을 썼다.

김태형 회장과 홍 본부장은 고등학교 선후배 사이로 김태형 회장이 술 취한 홍 본부장을 집에까지 업어다 줄 만큼 가까웠다.

"임마 쩜마 하지 마세요! 아무리 선배님이고 형님이라고 하셔도 이번 건은 절대 용납할 수 없습니다."

"야, 홍의천이! 너 서울대 나온 새끼 맞아?

"……."

홍 본부장이 입을 다물었다.

김태형 회장의 말투에서 숨겨진 어떤 사실을 눈치챘기 때문이었다.

"너… 나 김태형이가 얼마나 욕심 많은 놈인 줄 알지? 나 돈 왕창 벌어서 우리 DBS를 미국의 ABC나 NBC처럼 막강한 방송사로 키우는 게 꿈이야!"

……

한참 동안 회의실에 무거운 정적이 흘렀다.

"빌어먹을! 아마 지금 김채나가 제일 아까운 사람은 날 거다. 나! 난 김채나를 만나고 나서 우리 DBS가 아시아를 넘어 세계로 나갈 수 있다는 확신을 했어."

"……!"

김태형 회장의 비장한 음성에서 홍 본부장은 외압이 있었다는 사실을 확신했다.

"소나기는 피해 가자 홍 본부장! 당신하고 나하고 김채나한테 욕먹고 우리 방송사 우리 직원들 피해 없게 하자고!"

김태형 회장이 위에서 압력이 있었다는 뜻으로 엄지로 천정을 가르키며 묵직하게 말했다.

"알겠습니다. 회장님! 제가 강 관장과 채나를 직접 만나서 설득하겠습니다. 가급적이면 자진하차 형식을 밟겠습니다."

홍 본부장이 수긍했다.

"그래. 그렇게 해! 그리고 채나에게 이 말도 함께 전해. 올 가을에 DBS 예능3국을 주겠다고!"

"헉!"

홍 본부장을 비롯해 회의실에 모여 있던 DBS 임원들의 몸이 일 미터쯤 공중부양을 했다.

"예! 회장님!"

곧 홍 본부장이 정중하게 인사를 하고 회의실에서 나왔다.

김태형 회장이 채나를 〈우스타〉에서 자르면서 홍 본부장을 통해 전한 메시지는 김태형 회장이 채나를 어떻게 생각하는지 미루어 짐작할 수 있었다.

대한민국에 하나뿐인 민영방송 DBS에는 예능본부가 있었고 그 밑에 예능1국과 예능2국이 있었다.

예능3국은 없었다.

즉, 김태형 회장 말은 예능3국을 신설해 채나에게 맡기겠다는 뜻이었다.

채나는 〈우스타〉 7라운드 경연을 끝으로 자진하차했다.

퇴직금으로 DBS 예능본부 예능3국을 받았다.

비록 외상이었지만!

*　　　*　　　*

뺀철이가 신문배달 땜방을 한 지 오 일째, 〈동해 횟집 조폭 난입〉사건이 보도된 지 오 일째 되는 날이었다.

오늘은 친구인 인천체고 2학년인 우식이를 데리고 신문보급소에 나왔다.

나흘 동안 배달을 해본 결과 아마추어인 뺀철이가 혼자 배달하기에는 신문 부수가 너무 많았다.

용돈이 좀 줄어드는 아쉬운 점은 있었지만 그래도 어쩔 수 없이 그 옛날 땜방 동지인 우식이를 찾을 수밖에 없었다. 우식이는 체육관 친구들 중에서 가장 착하고 성실해서 조수로 쓰기에는 그만이었다.

한 가지 단점은 아침형 인간이 아니고 저녁형 인간이라서 꼬시기가 쉽지 않다는 것이다.

물론 뺀철이에게는 너무 쉬웠다.

"오늘 아침 신문에 〈째나〉 기사가 무척 많을거야!"

이렇게 한마디 하자 새벽 3시에 우식이는 뺀철이 부모님이 운영하는 신문 보급소로 뛰어왔다.

〈째나〉는 알다시피 뺀철이와 일당들이 쓰는 채나 누나의 줄임말이다.

우식이는 채나의 광팬을 지나 광신도였다.

TV에 나오는 채나의 공연 장면이나 인터뷰 장면들을 하나도 놓치지 않고 퍼 날라 자신의 블로그에 모셔두고 신문들을 모조리 뒤져 채나에 관한 기사를 스크랩했다.

한데, 뺀철이가 아무 생각도 없이 우식이를 꼬시기 위해 던진 말이 우연처럼 적중했다.

우식이 금광을 발견한 광부처럼 신문을 한 아름 갖다놓고 보급소 사무실 구석에 앉아 정성스럽게 기사를 스크랩했다.

기사 전부가 채나의 〈우스타〉 자진하차에 관한 것이었다.

〈가수 김채나 씨 〈우스타〉 자진하차? 스스로 질려서 내려왔나?〉
〈인기 가수 김채나 씨 〈우스타〉〈수음세〉 자진하차? 동해횟집 칼부림 동영상과 어떤 연관?〉
〈세계적인 가수 김채나 씨 〈우스타〉 낙마! 미국으로 활동 근거지를 옮길 것인가?〉
〈1억 불짜리 가수 김채나 씨 당분간 음반 준비에 전력?〉

우식이가 초롱초롱 눈을 빛내면 채나에게 관한 짤막한 단신들을 스크랩했다.

"자! 보너스다."

신문 분리 작업을 하던 빼철이 아빠가 신문 한 장을 빼서 던졌다.

"와아!"

우식이가 신문을 든 채 감탄사를 터뜨렸다.

그 기사는 신동아일보 최광림 논설위원이 〈거꾸로 가는 세상〉이란 제목으로 쓴 시평이었다.

가수 김채나 씨의 한 TV프로그램 하차를 보면서 이런 생각을 했다. 우리 사회가 뭔가 거꾸로 가는 것이 아닌가?

김채나 씨는 이미 공인 받은 세계적인 가수다. 아이러니하게도 어제 김채나 씨가 부른 〈거꾸로 흐르는 강물을 따라〉라는 락 버전의 노래가 빌보드 싱글 차트 7위에 진입했다.

미국이나 유럽, 일본 등 세계 각처에서는 김채나 씨를 데려가지 못해서 안달이다. 특히 미국과 일본 중국에서는 그 인기가 가히 폭발적이다.

왜 그렇지 않겠는가?

사격의 신으로 불리던 슈퍼스타가 노래까지 불러서 세계적으로 빅히트를 쳤으니……

며칠 전 미국사격협회에서는 김채나 씨를 아테네 올림픽 미국 사격 대표 선수로 확정 발표했다. 아직도 이년이나 남은 올림픽, 그 대표선수를 벌써 발표하다니?

우리는 이 행간을 읽을 줄 알아야 한다. 음악 전문가들은 김채나 씨를 10세기, 천 년에 한 명 나올까 말까하는 뮤지션이요, 아티스트라고 평한다.

우식이가 여기까지 읽었을 때 열심히 속지를 집어넣던 뺀철이가 스포츠 신문 한 장을 던졌다.

"째나는 얼굴을 작아서 그런지 뽀샵을 안 해도 사진 빨이 엄청 잘 받네!"

"우와… 채나 죽인다!"

매일 스포츠 신문에서는 아예 '빌보드의 여왕 김채나 씨 〈우스타〉, 〈수음세〉 모두 자진하차!' 라는 제목과 함께 채나가 활짝 웃고 있는 대형 사진을 일면 전체에 싣고 있었다.

우식이 스포츠 신문을 소중하게 챙긴 후 아까 읽던 기사를 마저 읽었다.

얼마나 웃기는 일인가?

미국을 비롯한 외국에서는 어떻게든 데려가려 하고 정작 모국인 우리나라에서는 은근슬쩍 밀어내고!

어쨌든 냄비근성으로 똘똘 뭉친 우리는 위대한 아티스트인 김채나 씨에게 명분을 주고 말았다.

고국을 떠나도 좋다는 확실한 명분을 줬다. 울고 싶은 아기 뺨을 때린 꼴이다.

만에 하나 정말 믿고 싶지 않지만 소문처럼 〈동해 횟집 조폭 난입〉 사건 때 누리꾼들이 올린 청와대니 국회니 하는 격려와 응원의 글 때문에 김채나 씨가 TV프로그램에서 하차했다면 이건 절대 그냥 넘어갈 일이 아니다.

국회 차원에서 철저하게 조사를 해야 한다. 아주 훌륭한 노래들을 선물로 안고 고국에 돌아온 아티스트에게 우리가 보답하는 것이 고작 하차고 추방인가? 정녕 통탄을 금치 못할 일이다.

우식이는 이 〈거꾸로 가는 세상〉 이란 제목의 글이 쓰인 신문을 아주 정성스럽게 보관했다.

　　　　　＊　　　　＊　　　　＊

　탕! 탕! 퍽! 퍽!

　두 발의 총성이 들리고 두개의 접시가 산산이 부서졌다.

　"합!"

　하얀 말머리가 그려진 한국 마사회 사격선수 유니폼을 입고 귀마개를 한 채나가 위아래로 두 발의 총알을 넣을 수 있는 상하쌍대의 산탄총으로 사격을 하고 있었다.

　촤촤악! 탕! 탕!

　방출기에서 지름 11㎝짜리 진흙 접시 두 개가 튀어나오고 총성과 함께 수백 개의 납탄이 날아갔다.

　퍼퍽!

　허공을 날아가던 두 개의 접시가 여지없이 부서졌다.

　"화아! 우리 코치님은 정말 언제 봐도 굉장해!"

　"남자 선수들도 쩔쩔매는 더블에서 어떻게 오탄이 하나도 없지?"

　"진짜 지구 최고의 총잡이라는 별명이 딱이다. 딱이야!"

　조윤경 선수 비롯한 한국 마사회 사격단 여자 선수들이 산탄총을 꺾어 어깨에 멘 채 사대 저편에 서서 사격을 하는 채나를 지켜보며 연신 감탄사를 터뜨렸다.

　더블트랩!

　채나가 지금 한국 마사회 안양 종합훈련원 야외사격장 에서 사격을 하는 종목의 정식 명칭이었다. 시속 약 80㎞ 속도로 밑에서 위로 날아가는 두 개의 접시를 딱 두 발의 총알을 쏴서 맞추는 경기였다.

올림픽 정식 종목으로 남자 경기만 있었다.

그만큼 여자 선수들에게는 체력적인 부담이 컸다. 하지만 지금 채나는 벌써 한 시간째 사격을 하면서 한 개의 접시도 놓치지 않고 완벽하게 맞추고 있었다.

철컥! 투툭…….

채나가 다시 산탄총을 꺾자 두 개의 탄피가 튀어나왔다.

"합!"

재차 총알을 장전한 채나가 서서 사격을 하는 입사(立射)자세를 취한 채 기합을 넣었다.

트랩, 더블 트랩, 스키트 등으로 나뉘는 클레이 사격은 경기 방법이 아주 간단했다. 음성 인식을 하는 기계인 방출기에서 튀어나오는 진흙으로 만든 접시를 맞추면 된다.

물론, 접시가 하나냐 둘이냐 옆에서 튀어나오느냐 밑에서 위로 튀어나오느냐 몇 명이 쏘느냐 등등 다양하고 복잡한 룰이 정해져 있었다.

"합! 합!"

채나가 연이어 기합을 넣어도 방출기에서 접시가 튀어나오지 않았다.

"코치님! 기계에 피전(접시)이 떨어졌어요. 창고에 가서 갖고 올게요!"

"OK!"

여자 사격선수인 안교순이 소리치자 채나가 한 손을 들며 대답했다.

철컥!

채나가 산탄총을 꺾어 총알을 빼내고 총을 사대에 걸어놓고 몸을 돌렸다.

클레이 사격에서는 사격이 끝났을 때 총을 꺾어 어깨에 메거나 사대에 거는 것이 기본 매너였다.

"어떡하니? 우리 코치님 벌써 닷새째 얼음공주야!"

"〈우스타〉건 때문에 그러실 거야. 인터넷에 들어가 봐! 누구도 자진하차라는 말을 믿지 않아."

"위에서 압력이 대단했대! 가수가 노래나 부르면 되지 무슨 청와대니 국회니 하느냐고?"

"짱나! 지들은 날 때부터 대통령이고 국회의원이었나?"

"진짜 걱정된다. 저러다 미국으로 휙 가시는 거 아냐? 미국의 메이저 방송사와 레코드사에서 돈방석을 깔아놓고 기다린다는데!"

"안 돼! 우리 코치님 광복절까지는 절대 미국 못 가!"

"뭐? 은교 넌 코치님 팬 아니잖아?"

"으응! 광복절 날 한미래 콘서트 하거든. 그 티켓 얻어주신다고……."

"그럼 코치님이 걱정되는 게 아니라 한미래 티켓 때문에??"

"까르르르!"

사대에 모여 있던 조윤경 선수를 비롯한 한국 마사회 여자 사격선수들이 수다를 떨며 웃음보를 터뜨렸다.

이들은 채나가 사격술을 지도해 주는 것보다 노래 불러주는 것을 훨씬 좋아했다. 〈채나교〉의 광신도들이었다.

채나가 분홍빛 철쭉이 흐드러지게 핀 고즈넉한 산길로 접어들었다.

사격장을 중심으로 박달산 정상을 통과하여 능선을 따라 한 바퀴 도는 족히 5㎞ 넘는 꽤나 운치 있는 산책로였다.

보통 사람에게는 그랬다.

한국마사회 안양 훈련원에서 운동을 하는 선수들에게는 피와 땀이 서려 있는 눈물고개였고!

그 눈물고개를 채나가 눈물 대신 미소를 띤 채 걸어갔다.

채나는 진짜 화가 나면 눈꼬리가 가늘어지면서 사이한 미소가 얼굴 전체에 번진다.

채나는 지금 진짜 화가 나 있었다.

털썩!

채나가 산책로 주변에 놓여 있는 벤치에 주저앉았다.

"어후후! 난 대체 왜 이렇게 참을성이 없지? 그 뚱땡이가 날래미 만들고 설치지 않았어도 어찌어찌 넘어갔을 텐데……."

채나가 머리를 감싸 쥐었다.

"아니야! 뭔가 문제가 있어. 뚱땡이가 처음부터 나한테 시비를 걸거나 칼을 휘두른 게 아니잖아?"

확실히 문제가 있었다.

채나는 인간이 상상할 수 없는 세월 이전부터 내려온 중국 고대 무술의 일맥인 선문의 98대 대종사요, 지구최고의 총잡이였다.

언제부턴가 다른 사람들이 자신의 앞에서 칼이나 총을 쓸 때는 반드시 자신의 허락을 받아야 된다는 황당무계한 사고가 뇌리 저편에 자리 잡고 있었다.

남일두는 채나의 허락없이 채나 앞에서 회칼을 날렸기에 자신도 모르게 화가 나서 응징을 했던 것이다.

"짱 할아버지가 생전에 그렇게 신신당부를 했는데 또 실수를 했어. 또!"

채나가 며칠 동안 얼음공주가 돼 있었던 이유는 한국 마사회 사격선수들이 생각하는 것처럼 〈우스타〉에서 퇴출당한 것과는 전혀 관계가 없었다.

동해 횟집에서 조폭들을 상대로 벌였던 심야의 활극!

절제하지 못하고 폭주했던 자신에게 화가 나 있었던 것이다.

따르릉.

채나의 품속에서 휴대폰 벨소리가 들렸다.

채나의 얼굴에서 아주 빠른 속도로 얼음이 녹아내렸다.

"응… 오빠!"

코맹맹이 소리가 나오는 채나의 입이 귀 쪽으로 이동하기 시작했다.

케인이었다.

"헤헤헤! 전혀! 차라리 잘됐어. 언제부턴가 〈우스타〉에서 같이 경연하는 친구들에게 미안하더라고. 빠지고 싶어도 그럴 수도 없고! 백 부장님이나 홍 본부장님이 너무 잘해주시니까……."

그랬다.

채나가 케인과의 통화에서 털어놓은 것처럼 사실 〈우스타〉라는 무대는 이미 빌보드 차트 정상을 넘나드는 채나에게는 너무 좁았다.

자신을 한국에서 인기 가수로서 키워준 프로였고 무대였기에 마지못해 출연하고 있었던 것이다.

"강 오빠도 엄청 좋아해! EMA와 계약서에 사인을 하면서도 날 〈우스타〉에서 빼낼 일이 제일 걱정됐대. 세계챔피언이면 세계챔피언답게 라스베이거스나 뉴욕, 런던, 파리, 동경 같은 큰 무대에서 놀아야지 촌에서 놀면 싼 티 나서 안 된대. 헤헤헤!"

강동주 관장은 WBA WBC 주니어 미들급 통합챔피언으로

서 8차 방어전까지 치른 복서로서 프로 복싱 세계챔피언을 5명이나 키워낸 초일류 프로모터였다.

그는 이미 세계챔피언에 등극한 채나가 그 화려한 테크닉과 막강한 펀치를 이용해 세계무대를 주름잡으며 엄청난 개런티를 받고 롱런을 할 수 있는 길을 모색하고 있었다.

세계챔피언인 채나에게 〈우스타〉는 4회전이나 6회전짜리 선수들이 뛰는 링이었다.

"그, 근데 오빠? 한 가지 걸리는 게… 헤헤! 잘했다구? 그치 그치? 나 잘못한 거 없지? 맞아! 그 뚱땡이가 짜증나게 칼을 갖고 난리를 피우잖아?

우씨! 갑자기 울 오빠 보고 싶다. 넘 보고 싶어 오빠! 알았어. 울지 않을게. 이따 꼭 전화해!"

쪽! 채나가 다정하게 키스를 하고 휴대폰을 끊었다.

아주 간단하게 케인의 위로 전화 한 통에 채나의 기분이 깨끗이 풀렸다.

십 분 전까지만 해도 지옥에서 막 돌아온 야차 같던 얼굴이 개구쟁이 아기 천사처럼 변했다.

채나에게 케인은 그런 존재였다.

팥으로 메주를 쑨다고 해도 믿고 소금으로 잼을 만든다고 해도 믿는 신앙과 같은 존재였다.

케인은 정말 채나에게 그렇게 해줬다. 팥으로 메주를 쒀 줬고 소금으로 잼을 만들어 줬다. 채나의 행동에 대하여 무조건

지지를 해줬고 무조건 칭찬을 해줬다.

채나를 보호하기 위해 달려오는 자동차 앞으로 뛰어들면서까지!

휘이잉!

한줄기 바람이 불어와 분홍빛 철쭉 꽃 한 송이를 흩날렸다.

문득, 채나가 바람에 날아가는 철쭉꽃을 쳐다봤다.

"헤! 짱 할아버지다?"

길 저편에서 통통한 짱 할아버지가 인자한 미소를 띤 채 걸어왔다.

타타탁!

벽난로에서 장작이 타고 있었다.

벌겋게 달아 오른 장작 불빛이 테이블에 어지럽게 널려 있는 형형색색의 카드들과 수북이 쌓여 있는 지폐들을 비췄다.

채나와 케인, 짱 할아버지가 카드를 치고 있었다.

채나가 손에 든 카드를 신중하게 살펴봤다.

"오빠부터……"

채나가 카드를 덮으며 케인을 쳐다봤다.

"리미트!"

케인이 지체없이 콜을 하며 지폐를 세어 테이블에 던졌다.

"레이스! 오천 더."

채나가 기다렸다는 듯 지폐 뭉텅이를 테이블에 내려놓았다.

"헐헐헐! 녀석들… 살살해라 살살해! 이제 이런 여행도 이 할애비와는 마지막이야."

짱 할아버지가 손에 든 카드를 살펴보며 지나가듯 말했다.

"노망났어? 뭔 말을 그렇게 재수없게 해? 걱정 마! 반짝반짝 빛나는 대머리로 봐서 앞으로 백 년은 충분해."

"후후! 채나 말이 맞아요. 의사인 제 눈으로 봐도 할아버지는 아직 정정하세요."

채나와 케인이 각자 자기 식으로 짱 할아버지를 위로했다.

"바보 같은 놈들! 난 너무 오래 살았어. 벌써 저승으로 갔어야 했는데 너희가 밟혀서 못 갔던 게야."

짱 할아버지가 카드를 던졌다.

좌아아악!

채나가 돈을 쓸어갔다.

"쯔웃! 어떻게 거기서 에이스 풀 하우스가 뜨지?"

케인이 카드를 던지며 아쉬운 듯 입맛을 다셨다.

"헤헤! 그러니까 오빠가 하수지."

차차착.

채나가 다시 카드를 돌렸다.

"아가에게 미안하구나! 꼭 네 아빠를 살해한 놈들을 찾아 복수를 해주고 싶었는데……."

짱 할아버지가 카드를 내려놓으며 씁쓸한 미소를 지었다.

"……."

툭! 툭!

채나와 케인도 카드를 던졌다.

짱 할아버지가 지금까지 한 번도 입에 담지 않았던 복수라는 말을 사용했다. 채나와 케인은 지금 짱 할아버지의 입에서 나오는 말이 유언이라는 것을 본능적으로 깨달았다.

"이 할애비가 백방으로 추적해 봤지만 겨우 한 가지 단서만을 얻을 수 있었다."

짱 할아버지 장용은 선문의 97대 대종사로서 무소불위의 힘을 지닌 20세기 마지막 신비인이었다. 그가 수십 년 동안 추적을 했는데도 해결하지 못한 사건이라면 곧 인간의 힘으로는 불가능했다.

그래서 채나는 더욱 촉을 세웠다.

"사건의 배후에 국가조직이 있었다."

국가 조직!

채나와 케인은 짱 할아버지 말을 머리에 새겼다.

"할애비는 늙어서 그 조직을 상대할 수 없었지만 아가는 그리 어렵지 않을 것이다. 이미 이 할애비는 아가에게 그 능력을 물려줬고 아가는 넘칠 만큼 막강한 힘을 갖고 있단다. 헐헐헐!"

"……."

짱 할아버지가 채나를 안심시키려는 듯 허허로운 웃음을 날리며 말했다.

"아가는 명심하거라. 이 할애비가 죽고 나면 아가를 견제할 사람은 세상에 아무도 없다. 이제 아가의 적은 아가 자신이다. 늘 자신을 죽이고……."

"알았어! 알았으니까 죽는다는 소리 좀 하지마 . 불안해서 내가 죽겠어!"

"녀석……."

짱 할아버지가 자애로운 미소를 지으며 채나의 머리를 쓰다듬었다.

그리고, 철쭉꽃이 흐드러지게 핀 언덕 저편으로 사라졌다.

"미안! 짱 할아버지. 내가 또 오버했어. 근데 그 뚱땡이가 먼저 칼을 휘둘렀다니까 진짜야, 진짜! 알았어. 담에 절대 실수 안 할게!"

채나가 귀엽게 웃으며 마치 걸어가는 짱 할아버지를 배웅하는 것처럼 손을 흔들었다.

"사과하는 뜻에서 할아버지 좋아하는 노래 한 곡 불러줄게. 신곡이야! 제목은 파이팅!"

채나가 분홍빛 철쭉꽃이 꿈속처럼 펼쳐진 언덕에 서서 노래를 시작했다.

우리가 뛰어가는 저 고개 너머에 곱게 그려진

당신의 얼굴이 기억납니다.

파르르 흩날리는 저 분홍 꽃잎은 당신의 눈물인가요? 아니면 땀인가요? 파이팅!

우리가 달려가는 저 하늘 너머에 아스라이 그려진

당신의 숨결이 떠오릅니다.

두둥실 떠가는 저 하얀 구름은

당신의 눈물인가요? 아니면 땀인가요? 파이팅!

우리가 날아가는 저 붉은 노을 위에 메아리치는

당신의 웃음소리가 생각납니다.

또르륵 떨어지는 저 저녁이슬은 당신의 눈물인가요? 아니면 땀인가요? 파이팅!

우리 함께 가요 승리의 그날까지!

파이팅! 파이팅! 파이팅!

"헤헤헤… 여기까지가 일절이야. 이 노래 어때?"

채나가 자애로운 미소를 띤 채 자신을 바라보는 짱 할아버지에게 물었다.

대답은 짱 할아버지보다 훨씬 청아하고 예쁜 목소리가 했다.

"아아아주주 죽여줘요! 코치님!"

"가슴이 쾅쾅쾅 뛰면서 힘이 불끈 불끈 불끈 솟아요!

"우리 사격단 응원가로 써요. 코치님!"

어느새 십여 명의 한국마사회 여자 사격선수들이 채나 앞에 모여서 환호를 했다. 그들은 채나가 우울해 한다는 것을 알고 위로해 주려고 따라왔던 것이다.

"앵콜! 앵콜! 앵콜 앵콜!"

"OK! OK!"

여자 선수들의 열화와 같은 앙코르 요청에 채나가 환하게 웃으며 손을 들었다. 그리고 〈거꾸로 흐르는 강물을 따라〉를 시원하게 불러줬다.

더불어 채나는 까맣게 잊었다.

〈우스타〉라는 프로가 어느 방송에서 방영되는지도 몰랐고 남일두가 어떻게 생겼는지도 기억이 나지 않았다.

이것이 채나의 최고 장점이자 단점이었다.

한번 잊기로 마음을 먹으면 정말 민망할 정도로 기억하지 못 했다.

〈더 파이팅 THE FIGHTING〉.

채나가 철쭉꽃이 꿈결처럼 피어 있는 언덕에 서서 짱 할아버지를 생각하며 아주 단순한 멜로디로 작사 작곡해 부른 노래!

전형적인 댄스곡으로 훗날 메가 히트를 치면서 우리나라

의 수많은 학교와 단체 등에서 개사를 해 응원곡으로 널리 쓰인 노래가 바로 이렇게 탄생됐다.

"김채나 파이팅!"

한국 마사회 여자 사격선수들이 일제히 외쳤다.

5장

가슴속에 있는 사람들

미국 볼티모어에 있는 존스홉킨스 의대는 하버드 의대보다 한 수 위에 있다는 세계적으로 유명한 의과 대학이다.

오래전에 우리나라의 유명한 재벌 총수가 이 존스홉킨스 대학 병원에서 암 수술을 받고 퇴원하는 장면이 매스컴에 보도 된 적도 있었다.

그 존스홉킨스 대학 병원 산부인과 병동 중환자 수술실에서 채나 엄마인 이경희 교수가 다섯 시간이나 걸린 대수술을 막 끝내고 자신의 방으로 올라왔다.

쿡!

이경희 교수가 수술복도 갈아입지 않고 버릇처럼 리모컨

을 눌렀다.

빵-빵-빵—

모니터에서 음악 소리와 함께 채나와 케인이 노래를 부르는 모습이 떠올랐다.

이경희 교수가 화면을 리와인드시킨 후 다시 리모컨을 눌렀다.

—사랑하는 친구 너는 지금 어디에 있니? 너무 보고 싶어. 나는 지금 어두운 도시의 골목길을 걸어간다.

채나와 케인이 대한민국 DBS TV의 〈우스타〉 6라운드 셋째 주 경연 무대에 나와 듀엣으로 〈디어 마이 프랜드〉를 부르는 장면이었다.

연필신이 친구 채나를 위해 만든 작은 이벤트.

"후우우! 정말 빌보드 차트를 휩쓸 만해. 벌써 백 번은 넘어 들었을 텐데 들을 때마다 또 다른 감동이 밀려와."

이경희 교수가 팔짱을 끼고 책상 앞에 기댄 채 음악 감상 삼매경에 빠졌다.

"녀석들… 진짜 노래 잘한다! 진짜 잘해! 이렇게 라이브로 들으니까 확실히 알겠어. 내 십팔번인 렛 잇 비(LET IT BE)보다 더 좋아. 훨씬 잘 불렀어."

〈LET IT BE〉는 전설적인 영국 그룹 비틀즈가 1970년 마지막으로 내 놓은 음반의 타이틀곡이었다.

이경희 교수는 올해 들어와 아무리 힘든 수술을 해도 힘든 줄을 몰랐다. 수술이 끝난 후 채나의 노래를 들으면 그 피곤함이 어디로 사라졌는지 사라졌기 때문이다.

아주 우연히 틀었던 한국위성 TV방송에서 채나를 만났을 때는 정말 얼마나 반갑고 놀랐는지 눈물을 줄줄 흘리면서 시청을 했다.

채나와 케인이 부른 이 〈디어 마이 프랜드〉가 미국 전역에서 유행을 할 때 대강 짐작은 했었다.

가까운 시일 내에 채나가 한국에서 가수로 데뷔를 해 TV에 출연하리라는 것을…….

녀석은 간신히 걸음마를 할 때 말도 배우기 전에 TV에 나와 노래를 부르는 가수들을 보면 노래를 따라 부르며 춤을 췄으니까!

하지만, 이렇게 훌륭한 가수가 되리라고는 상상조차 못했다.

노래가 끝나자 이경희 교수가 리모컨으로 채널을 돌렸다.

—세계적인 가수 김채나 씨가 D 방송사의 한 예능프로에서 자진하차를 한 것에 대해 많은 팬들이 분노와 의문을 제기하고 있습니다. 어떤 외압이 있었던 것이 아니냐…….

한국에서 위성으로 쏘아지는 KBC 밤 아홉 시 뉴스였다.

쿡! 이경희 교수가 신경질적으로 리모컨을 눌러 TV를 껐다.

"기가 막혀서! 내가 그동안 한국에 어떻게 했는데 우리 딸

에게 저렇게 할 수가 있지?'

이경희 교수는 자신의 모교인 서울대 의대에 매해 적지 않은 장학금을 보냈고 서울대 병원에 근무하는 우수한 의사들을 존스홉킨스 병원으로 초청해 선진 의술을 연수시키곤 했었다.

그것이 곧 자신을 낳고 길러준 모국에 대한 보답이라고 생각했기 때문이다.

한데 며칠 전부터 자신의 딸인 채나의 〈우스타〉 하차설을 위성방송으로 지켜보면서 몹시 기분이 나빴다.

조폭들을 혼내준 게 상을 받을 일이지 어떻게 벌을 받을 일인가?

"외압? 미친것들! 정치나 똑바로 하지 유치하게 가수에게 압력을 넣어서 TV프로에서 하차를 시켜?"

이경희 교수가 휴대폰을 꺼냈다.

신중하게 번호를 눌렀다.

그 전화번호의 주인은 이경희 여사가 수술해 준 환자였는데 지금은 둘도 없는 친구였다.

크리스티나 캘리! 현 미국 국무성 장관이었다.

따르릉!

이경희 교수 막 통화를 끝냈을 때 책상 위에 놓여 있는 원내 전화가 울렸다.

"네! 닥터 리입니다. 손님이 로비에? 네! 지금 나갈게요."

이경희 교수가 황급히 몸을 일으켰다.

"누구지?"

급히 수술복을 벗고 의사 가운으로 갈아입었다.

"시티뱅크의 필립 안입니다."

"네! 닥터 리예요."

깔끔한 회색 정장을 걸친 사십대 동양인 사내가 남자 직원
두 명과 함께 정중히 인사를 하자 이경희 교수도 같이 인사를
했다.

"교수님 생신을 진심으로 축하드립니다. 김채나 씨께서 보
내셨습니다."

"우, 우리 애가요?"

필립 안이 이경희 교수에게 예쁜 꽃바구니와 케이크 한 상
자, 생일카드를 전달했다.

"가급적이면 빠른 시간 안에 은행에 나오셔서 서류를 검토
하시고 사인해 주시면 고맙겠습니다. 그럼 이만!"

"네! 안녕히 가세요."

필립 안이 다시 직원들과 함께 인사를 하자 이경희 교수도
다시 얼떨결에 인사를 했다.

이경희 교수가 꽃다발과 케이크를 들고 병원 앞 벤치에 가
서 앉았다.

"후우! 얘는 아직도 이틀이나 남은 생일을 벌써 축하한다
고 그래?"

방금 전 KBC 뉴스를 볼 때의 꿀꿀했던 기분이 어느 틈에 달아나고 자신도 모르게 미소가 배어 나왔다.

"근데, 왜 은행 직원들이 왔지?"

이경희 교수가 의아한 기분으로 필립 안이 건네준 카드를 펼쳤다.

"이, 이게 뭐야? 연금신탁증서… 1,000만 달러… 이경희……."

이경희 교수가 축구공만큼 커진 눈으로 영어와 숫자가 빽빽이 적혀 있는 서류를 열심히 읽었다.

"아휴— 이 녀석은 정말?!'

털썩! 이경희 여사가 벤치에 몸을 기대며 고개를 절레절레 흔들었다.

그리고 케이크 상자에 붙어 있는 조그마한 편지 봉투에 시선이 꽂혔다.

엄마! 쉰세 번째 생일을 진심으로 축하해.

그동안 나 키우느라 힘들었지?

며칠 전에 미국 EMA와 음반계약을 했어.

덕분에 엄마가 채나 다음으로 좋아하는 걸 선물할 수 있어서 기분 좋아.

사랑해!

　　　　　　　　　　　　　　　　　　　　　—채나.

채나가 보낸 생일 축하 편지를 읽던 이경희 교수의 눈에 자신도 모르게 눈물이 고였다.

"내가 이렇게 큰 선물을 받을 만큼 이 녀석을 고생해서 키웠나?"

그건 아닌 것 같았다.

채나가 유치원 시절 때 〈김철수 교수 일가 피살사건〉이 발생한 지 꼭 삼 개월 뒤 이경희 교수는 뉴욕 대학 병원에 취업이 돼 LA를 떠났다.

채나는 쨩 할아버지 부부에게 맡긴 채였다.

그리고 두 달에 한 번 빠르면 한 달에 한 번 LA에 가서 채나를 만났다.

엄마 없이 커온 채나였지만 엄마가 세 명쯤 있는 것처럼 잘 자라줬다.

사격선수로서 세계를 울릴 만큼 슈퍼스타로서 성장했고!

모녀가 함께 모여 산 것은 채나가 UCLA를 졸업하고 미국의 유명한 사격팀인 USSC팀에 스카우트되어 뉴욕에 왔을 때 겨우 일 년 남짓이었다.

뉴욕에서 이곳 볼티모어까지 출퇴근하는 것이 결코 쉽지는 않았지만 그래도 딸과 함께 사는 게 얼마나 재미있었는지…….

그 녀석이 어떤 생각에선지 모국인 한국으로 건너갔고 한국에 가서 더욱 성장해 자신의 생일선물로 시티은행에서 발행한 1,000만 달러짜리 연금신탁증서를 보내왔다.

이 증서는 채나가 미화 1,000만 달러를 시티은행에 넣고 수취인을 정해주면 은행은 그 수취인과 연금을 수령하는 날짜 금액 기간 등을 구체적으로 의논하고 이자를 포함해 지불하는 상품이었다.

간단히 말하면 채나가 미화 1,000만 달러를 이경희 교수에게 생일선물로 보내준 것이다.

그래서 검사검사 은행직원들이 이경희 교수를 찾아온 것이고!

어쨌든 이경희 교수는 생애 딱 한 번 로비활동을 하고 로비 금액으로 1,000만 달러를 받았다.

*   *   *

국방부에서 열린 민, 관, 군 정보관련 책임자 합동회의 마치고 승용차에 몸을 실은 국군 기무사령관 이진관 중장은 최대한 표정 관리를 했지만 누가 봐도 스마일, 웃는 얼굴이었다.

하나뿐이 조카가 미국에서 건너와 세계적인 사격선수로도 부족해서 가수로서 대한민국을 뒤집어놓고 바야흐로 세계로 그 명성을 떨쳐 나가고 있었으니!

요즘은 어느 장소를 가든 어느 회의를 가든 인사 받는 게 일이었다.

오늘도 회의가 끝난 후 오찬석상에서 채나에 대한 덕담을 늘어지게 듣다왔다.

아예 검찰총장과 경찰청장은 술을 사라고 뗑깡까지 부렸다.

어쩔 수 없이 사흘 후 술 한잔 사겠다는 약속까지 하고 왔다.

이 녀석에게 판공비라도 달라고 해야지 안 되겠어.

한 가지 거슬리는 것은 채나가 잘나가던 프로에서 자진하차 한다는 보도였다.

이진관 장군은 정보를 접한 후 그 프로를 유심히 살펴봤다.

그건 아니었다.

채나가 프로에 나와 하는 멘트 등을 종합해 볼 때 자진하차는 아니었다.

많은 팬이 의심을 하듯 누군가 힘을 좀 가진 작자가 채나의 인기가 하늘을 찌르자 일찌감치 채나를 길들이고자 살짝 장난을 치는 것 같았다.

정보요원으로서 평생을 보낸 촉이 그렇게 가르쳐 줬다.

뭐, 그래도 안심은 됐다.

요로를 통해 수집한 정보에 의하면 이제 채나는 차라리 한국을 떠나 미국이나 일본 같은 외국에 가서 활동하는 것이 채나의 장래를 위해 훨씬 좋을 것이라는 확실한 보고를 받았기 때문이다.

하지만 시간이 갈수록 불쾌함이 커졌다.

그 정도 권력자라면 내가 채나 삼촌이라는 것을 알았을 텐데?

나한테 감정이 있으면 나한테 총을 쏠 것이지 왜 어린애를 협박하나!

이건 대한민국 국군 기무사령관 이진관이를 아주 우습게 보는 거다.

그래?

"이봐, 박 실장!"

이진관 장군이 조수석에 앉아 있던 기무사령관 비서실장인 박충수 대령을 불렀다.

"에! 사령관님."

박 실장이 씩씩하게 대답했다.

"청와대 경호처장님과 안기부장님께 연락해서 약속을 잡아 봐. 내가 집안 일로 상의드릴 말씀이 좀 있다고 말야."

"알겠습니다. 사령관님!"

이진관 장군이 명령하자 박 실장이 수첩에 신중하게 메모를 했다.

이 이진관이가 어린 조카 하나도 보호해 줄 능력이 없었다면 이 자리에 앉지도 않았다. 건방진 놈!

이진관 장군이 싸늘한 표정으로 차창 밖을 내다봤다.

따르릉!

그때 박 실장의 품속에서 전화벨이 울렸다.

"한국외환은행 종로지점 최성우 지점장이 부대 앞 정문 위병소에서 사령관님을 기다리고 있답니다. 김채나 씨 일로 급히 뵀으면 하는데요."

"무슨 일이지? 은행 지점장이 녀석의 일로 의논할 게 있다?"

이진관 장군의 짙은 눈썹이 움찔거렸다.

"장 준위! 이 근처 어디 조용한 커피숍으로 가자."

"옛! 사령관님."

장 준위가 조용히 승용차를 돌렸다.

……

이진관 장군은 커피숍에서 최성우 지점장을 만난 후 잠시 동안 말이 나오지 않았다.

너무도 황당한 너무도 큰 선물이 와 있었기 때문이었다.

"그, 그러니까 이 돈, 이 예금 증서를 채나 녀석이 내게 보냈단 말이오?"

이진관 장군이 안경을 쓴 채 말을 더듬으며 최 지점장에게 물었다.

"예! 사령관님. 이건 채나 씨가 사령관님께 전해 드리라는 서신입니다."

"그래요? 이리 주시오."

우씨! 몇 번 전화했는데 통화가 안 돼. 삼촌이 나보다 더 바쁘다는 것을 처음 알았어. 나 미국 회사와 음반 계약했어. 용돈 좀 줄게. 아껴 써! 헤헤헤… 사랑해!

—채나.

"이 녀석이 전화를 몇 번 했다구?"

이진관 장군이 테이블 옆에 공손히 서 있는 박 실장을 쳐다 봤다.

"어떻게 된 거야, 박 실장? 내가 채나한테 전화가 오면 지급으로 연결하라고 했잖아?"

"죄송합니다. 사령관님! 그러지 않아도 보고 드리려 했습니다. 벨이 딱 두 번 울리면 끊었습니다. 채나 씨가 전화를 했다는 것도 간신히 역추적을 해서 알아냈습니다."

"훗! 그 녀석 성질이 원래 그래. 아니지? 내가 지금 이 말을 하고자 하는 게 아니었는데?"

천하의 대한민국 국군기무사령관 이진관 장군이 채나가 보낸 용돈을 보고 당황하고 있었다.

용돈이 너무 많은 액수였기 때문이다.

"그러니까 이 100만 달러짜리 연금신탁통장이 분명히 채나 녀석이 내게 보낸 거란 말이오? 최 지점장!"

"예! 저희 지점하고 거래를 하시기에 제가 직접 권해 드렸습니다."

"허어— 그래요? 이 녀석이 엄청 과용을 했네그려!"

"사령관님께서도 아시다시피 IMF 환란 이후 우리 정부에서는 외화를 끌어들이기 위해 다양한 방법을 동원하고 있습니다. 그중 하나가 우리 외환은행에서 한시적으로 판매하는 이 상품으로 US달러로 10만 달러에서 100만 달러짜리까지 있는 〈외화 연금 신탁 예금〉입니다."

최 지점장이 브리핑을 시작하자 이진관 장군이 박 실장을 쳐다봤다.

"박 실장! 자네 잘 들어. 난 벌써 머리가 아파 와!

"예! 사령관님."

이진관 장군이 머리를 흔들며 말하자 박 실장이 미소를 띠며 대답했다.

"달러화로 예금하면 곧바로 원화로 바뀌어 입금이 되고 한 달 이상 예치한 뒤 예치한 금액과 이자를 합쳐 십 년 혹은 이십 년 동안 매달 소정액수를 예금주나 예금주가 지정한 제삼자가 수령하는 상품입니다."

"……?"

"이 상품의 매력은 자금출처를 묻지 않고 세금이 전혀 없으며 연리 12% 이상의 높은 이자를 국가에서 보장한다는 것입니다."

최 지점장이 설명을 끝내자 다시 이진관 장군이 박 실장을 쳐다봤다.

"무슨 말인지 알아들었어? 박 실장!"

"예! 채나 씨가 아주 세심한 사람이란 것을 알겠습니다. 사령관님."

"그건 또 무슨 말인가?"

"채나 씨가 자신이 드린 용돈이 사령관님께 혹시 폐가 될까 봐 〈자금출처를 묻지 않고 국가에서 이자를 보장하는〉 이런 상품을 택한 것 같습니다.

"허어어— 이 녀석 참!"

역시 박 실장이 젊은 엘리트답게 단번에 모든 상황을 파악하고 이진관 장군에게 핵심을 어드바이스 했다.

"지금 우리 사령관님이 하셔야 할 일 뭡니까? 지점장님!"

박 실장이 샤프한 머리로 정확한 포인트를 물었다.

"먼저 달러화를 원화로 바꾸는 환전 시점을 정해주시면 됩니다."

"환전 시점?"

"그럼 사령관님께서 이 시간 부로 환전을 명령하시면 어떻게 됩니까?"

이진관 장군이 환전 시점이란 말을 이해 못하는 듯하자 박 실장이 재빨리 보충 질의를 했다.

"지금 환율이 달러당 1,200원이니까 100만 달러면 정확히

12억 원이 됩니다. 사령관님은 곧 12억 원에서 환전 수수료를 공제한 후 연금에 가입하시게 되는 겁니다."

이진관 장군이 이제 정확히 이해가 된 듯 급히 질문을 했다.

"어제 환율이 얼마였소?"

"달러당 1,209원에 마감 됐습니다."

"그, 그럼 난 가만히 앉아서 900만 원을 손해 본 거요?!"

"하하! 이제 사령관님께서 정확히 이해하셨군요. 만약 어제 달러를 바꾸지 않고 오늘 바꿨다면 사령관님 말씀대로 900만 원을 손해 보신 거지요."

"끄으으응!"

이진관 장군이 머리를 쥐며 신음을 토했다.

"사실 이 부분이 가장 중요하기에 저희가 사령관님을 직접 찾아뵌 겁니다. 채나 씨께서 예금하신 100만 달러는 결코 작은 액수가 아닙니다. 환전 시점에 따라 몇 천만 원이 왔다 갔다 할 수도 있습니다. 우리 은행 측에서 결정할 사안이 아니죠!"

"알겠소! 그럼 그 환전 시점은 언제까지 통보해야 되는 거요?"

"규정에 의해 이달 말까지입니다. 이달 말까지 통보를 해 주시지 않으면 다음 달 일일 환율을 적용해 한화로 바뀌어 자동으로 연금에 가입하시게 됩니다."

"어허허… 이거야? 조카 년이 아주 피곤한 방법으로 용돈을 보내줬네그려! 이진관이 생애 가장 골치 아픈 숙제를 만났어."

"하하하! 부럽습니다. 저도 채나 씨 같은 조카를 둬서 사령관님처럼 골치 아픈 숙제를 좀 해보고 싶습니다. 한 달쯤 날밤을 새는 한이 있어도 말입니다."

"저는 갑자기 조카들에게 용돈을 못 준 게 후회가 됩니다. 사령관님!"

"말이 그렇게 되나? 아핫핫핫핫—"

최 지점장과 박 실장이 부러움에 가득 찬 찬사를 날리자 이진관 장군이 커피숍이 떠나가도록 웃었다.

이진관 장군 집안은 손이 유난히 귀했다.

형제라고는 이경희 교수가 전부였다.

채나의 아빠 김영수 변호사는 이진관 장군의 고등학교 동창으로 둘도 없는 친구였다. 채나는 친구이자 동생의 남편이 세상에 남겨놓은 딱 하나뿐인 피붙이였다. 늘 마음에 걸렸던 녀석이다.

그 녀석이 훌륭하게 커서 돈을 벌었다며 자신에게 용돈을 보내왔다.

무려 미화 100만 달러를!

과연 내가 이 돈을 쓸 수 있을까?

　남해일고 교장을 끝으로 사십여 년의 교직생활을 마친 김 집 교장이 자신의 고향인 남해 바닷가 마을인 해죽포에 내려온 지 벌써 삼십 년이 다 됐다.

　조상 대대로 내려온 종가인 해죽채에서 칩거를 했다.

　십육 년 전 자신의 큰아들과 둘째 아들, 손녀가 미국에서 피살되고 자신의 부인과 큰며느리가 그 충격으로 잇따라 사망하자 김 교장은 이삼 년에 한번 손녀를 보러 미국에 다녀왔을 뿐 해죽채에서 잡초만을 뽑으며 세월을 보냈다.

　그런 김 교장이 요즘 삶의 희망을 다시 찾았다.

　꼭 일주일에 한 번, 일요일 밤에 방영되는 DBS 방송의 〈우스타〉를 보는 낙으로 살았다.

　김 교장이 평생 봐왔던 TV 프로 중에서 가장 재미있고 애착이 가는 프로였다. 한 번 보는 것으로는 양이 차지 않아서 일요일 밤에 VTR로 녹화까지 해서 다음 월요일부터 일요일까지 끝없이 보고 있었다.

　조금 질린다 싶으면 옛날에 방영했던 〈우스타〉를 돌려보고!

　한데, 그 삶의 낙이 이번 주로 끝이었다.

　자신을 〈우스타〉로 끌어들였던 그 주인공이 자진하차를 선언했기 때문이다.

김 교장은 벌써 며칠째 이 문제로 고민을 했는지 모른다.

아무리 되짚어 봐도 자진하차할 이유가 없었다.

결론은 누군가 채나를 시기하고 훼방을 놓은 것이다.

잡초를 뽑던 김 교장이 우물가에서 손을 씻고 안방으로 들어갔다.

김 교장이 돋보기를 쓴 채 누렇게 바랜 전화번호 책을 들고 신중하게 번호를 눌렀다.

"날세! 자네에게 부탁이 하나 있네. 아무리 지금 세상이 거꾸로 간다고 해도 커나가는 젊은이에게 정당한 이유 없이 상처를 주는 것은 한 국가를 책임진 위정자들이 절대 범해서는 안 되는 금기일세. 고맙네!"

김 교장이 삼 분 만에 전화를 끊었다.

전화를 받은 사람은 김 교장이 서울 경기고등학교 교사로 근무할 때 유난히 자신을 따르던 제자였다.

덕분에 오래전에 주례 선생님 노릇도 했고 지금도 명절 때면 어김 없이 남해까지 내려와 인사를 하는 김 교장의 수제자였다.

그는 지금 청와대 대통령 비서실장으로 봉직하고 있었다.

"선생님! 교장 선생님! 택배 왔어요."

김 교장이 막 전화기를 내려놓고 자리에서 일어날 때 밖에서 김 교장을 찾는 소리가 들렸다.

"택배? 여기까지 올 택배가 있나? 양조장으로 가야 할 게 잘못 왔구먼."

"박스는 가구 박슨데 가구가 아닌가 봐요. 엄청 무거워요!'

쿵!

우체국 택배라고 쓰인 조끼를 걸친 사내가 리바트가구라
고 인쇄된 사방 일 미터쯤 되는 꽤나 큰 상자 하나를 마루에
올려놓았다.

테두리를 각목으로 마감까지 해놓은 견고한 상자였다.

"여기 성함 좀 부탁드려요."

"그러세!"

김 교장이 사내가 내민 송장에 사인을 해주자 사내가 송장
원본을 찢어 김 교장에게 건네줬다.

"……!'

김 교장이 돋보기를 쓴 채 송장을 보다가 그대로 눈이 멈췄
다.

"뭐가 잘못됐어요, 선생님?"

"아, 아닐세! 내게 온 택배가 맞네. 고생했네!'

"예예! 안녕히 계세요 선생님!'

사내가 싹싹하게 인사를 하고 해죽채를 나갔다.

촤악촤악!

김 교장이 우물가로 달려가 안경을 벗은 채 급히 세수를 했
다.

행여 자신의 눈에 잡티라도 들어가 잘못 보지 않았나 해서

였다.

"이 녀석이 내게 택배를 보냈어? 이 녀석이……."

김 교장이 황급히 마루에 올라가 상자를 끌고 안방으로 들어갔다.

뭐가 들었는지 큼직한 상자는 택배 배달원 말대로 무척이나 무거웠다.

김 교장이 한 손을 가늘게 떨며 상자 위에 테이프로 밀봉된 서신을 천천히 오려냈다.

채나야. 할아버지!

김 교장의 얼굴에 웃음기가 어렸다.

몇 번 남해에 내려가려고 했는데… 이상하게 잘 안 돼.
그래도 할아버지한테 자랑하고 싶어!
나 얼마 전에 한국에 들어와 팬찮은 가수가 됐어.
이번에 미국의 큰 레코드 회사하고 음반 계약을 맺고 꽤 많은 돈을 벌었어.
할아버지 생각이 나서 용돈을 좀 보내.
작은 아빠 엄마한테도 보냈으니까 할아버지 혼자 써.
할아버지가 가고 싶어 했던 일본 여행도 다녀오고!
채나는 아주 어릴 때부터 알고 있었어.

할아버지 가슴속에 늘 채나가 들어 있다는 걸…….

채나 가슴속에도 늘 할아버지가 있어.

사랑해!

—채나.

김 교장이 얼굴에 어렸던 웃음이 갑자기 눈물로 변했다.

"허허허! 이 녀석이 어느새 다 커서 이 할애비를 알아주네 그려?"

김 교장이 앉은뱅이책상에서 예쁜 그림엽서와 편지들을 꺼내 찬찬히 살폈다.

그동안 채나가 김 교장에게 보낸 편지와 엽서들이었다.

김 교장은 지금까지 채나를 꼭 아홉 번 만났다. 세 번은 채나가 한국에 왔었고 여섯 번은 김 교장이 미국으로 건너갔다.

김 교장은 아빠가 총에 맞아 쓰러진 현장을 목격하고 아빠 없이 자라는 채나가 안쓰러워 어떻게든 보살펴 주려고 노력했다.

때론 미국에 직접 가기도 하고 때론 장문의 편지를 보내기도 하면서!

그 눈에 들어간 모래알처럼 손톱 밑에 박힌 가시처럼 아프던 녀석이 이제 돈을 벌었다고 할애비에게 선물을 보내왔다.

이렇게 반갑고 고마운 선물을 언제 받아봤나?

"허허허… 과연 이 녀석이 뭘 보냈을꼬?"

김 교장이 기대 반 설렘 반으로 조심스럽게 상자를 뜯었다.

"......!"

상자 속을 들여다보던 김 교장이 눈살을 찌푸리며 돋보기를 찾아 쓰고 다시 한 번 자세히 들여다봤다.

"어허허허허허허—"

김 교장이 너털웃음을 웃다가 다시 상자 속을 쳐다보고 다시 너털웃음 짓기를 수차례 반복했다.

상자에는 비닐에 쌓인 새파란 만 원권 지폐 뭉치가 가득 차 있었다.

"역시, 역시 이 김집이 큰손녀답다! 매스컴에서 외계인 외계인하더니 이제야 그 이유를 알겠구나. 어허허허허—"

김 교장이 연시 너털웃음을 흘리며 박스에서 만 원권 뭉치를 하나하나 꺼냈다.

"어허허허허! 늙은이가 힘들게 은행 같은데 가지 말고 벽장 속에 숨겨놓고 몇 장씩 꺼내 쓰란 말이지? 오냐! 오냐! 그렇게 하마! 허허허......"

채나가 〈우스타〉에서 자진하차를 하면서 김집 교장의 취미가 바뀌었다.

아무도 몰래 벽장 속에 감춰둔 큼직한 상자를 들어내 만 원권 뭉치를 꺼내고 띠지를 푼 뒤 한 장 한 장 세어 보는 것이었다.

어느 날은 만 원권 뭉치 중 하나가 아흔아홉 장이 되고 아흔여덟 장이 될 때도 있었지만 전혀 개의치 않았다.

처음부터 다시 세면 되니까!

김 교장은 만 원권 지폐에서 세종대왕이 아니라 채나를 만났다.

*   *   *

소공동에 있는 서울 롯데 호텔 삼 층에 있는 롯데 사파이어 홀에서는 오전 열시부터 〈678정신회〉 회합이 열리고 있었다.

〈678정신회〉란 60년대부터 70년대, 80년대 군부독재에 반대하며 싸워온 정치가들의 모임이었다.

현역 의원만 무려 팔십육 명이나 되는 이 모임은 정회원이 이백 명에 준회원이 백 명이 넘는 엄청나게 큰 정치조직이었다. 이 조직의 회장은 민주평화당의 사무총장인 민광주 의원이었다.

오늘은 삼 개월에 한 번 있는 정기 모임으로써 묵직한 의제가 올라와 있었다. 〈678정신회〉에서 지지하는 차기 대통령 후보자에 관한 토론이었다.

모든 정치조직이 그렇듯 〈678정신회〉에서도 몇 개월 전부터 물밑작업을 통해 현 회장인 민광주 의원을 만장일치로 지지하기로 합의를 했고 오늘은 간단한 요식 행위를 거쳐 각 방송사와 신문사 기자들에게 발표를 하고 인터뷰만 하면 끝난다.

덕분에 각 방송사와 신문사 등의 정치부기자들이 벌 떼처럼 모여들었다.

정원 오백석짜리 홀에 〈678정신회원〉 삼백 명과 기자 백명 정치조직이라면 어디든지 제일 먼저 달려오는 정치꾼들까지 합쳐 무려 육백여 명이 되는 사람들이 북적대고 있었다.

이 모임의 원만한 진행을 위해 초청장 발송부터 장소 섭외까지 하나부터 열까지 모든 책임을 지고 있는 사람은 바로 민광주 의원의 수석 보좌관인 임춘환 당 조직국장이었다.

임 국장은 피대치 당 청년 국장과 함께 민광주 의원의 좌춘환 우대치로 불리는 핵심 측근으로 올해로 꼭 이십 년째 민광주 의원을 보좌하고 있었다.

임 국장은 오전 일곱 시부터 서울 롯데호텔 삼 층에 있는 사파이어 홀에 나와 회의 장소를 점검하는 것을 시작으로 아홉 시경부터 밀려드는 손님들을 맞으면서 열두시가 다 되어가는 지금까지 일분도 쉬지 않았지만 전혀 피곤한 줄을 몰랐다.

이유는 딱 두 가지였다.

그 첫 번째 이유는 올해 마침내 민광주 의원과 함께했던 이십여 년 동안 그 오랜 세월 동안 늘 싸워왔고 늘 패배했던 그 지긋지긋한 전(錢)의 전쟁에서 해방됐기 때문이었다.

작년만 같았어도 이런 모임을 특급 호텔에서 개최할 꿈도 못 꿨다.

간단히 계산해 보자.

뷔페를 겸한 이 사파이어 홀을 대여하려면 기본 참석 인원 이백 명으로 잡고 두당 4만 원씩 800만 원을 선금으로 지불해야 한다.

지금 보다시피 특급 호텔에서 모임을 개최한다는 공람이 돌려진 후 그동안 모임에 좀처럼 참가하지 않아 얼굴조차 잘 모르는 준회원들까지 지방에서 모조리 올라왔고 점심이라도 한 끼 때울 요량인 정치꾼들까지 유행이 한참 지난 양복을 걸치고 참석했다.

현재 인원 육백 명!

합계 2,400만 원에 부가가치세 별도니까 경비까지 합치면 약 2,700만 원이 든다. 모임 한 번에 2,700만 원이란 돈이 먼지처럼 사라진다.

그럼 이 먼지처럼 사라지는 돈은 누가 낼까?

비록 오늘이 정기모임이라 해도 의제가 차기 대통령후보를 지지하는 모임이니 만큼 당연히 차기 대통령후보로 추대받은 민광주 의원이 내야 한다.

회비에서 충당하면 대통령후보로서 권위가 떨어질 뿐만 아니라 혹시 개털이 아닐까 하는 정통성마저 의심을 받게 된다.

또 오찬이 끝난 뒤 민광주 의원의 오랜 지기로 지금은 많이 쇠락했지만 그래도 호남재벌로 유명한 이경수 회장이 나와 오늘 참석한 모든 사람에게 고맙다는 답사를 하고 적으나마 금일봉을 돌려야 한다.

통상 거마비로 나가는 금일봉은 10만 원이었다.

물론 이 돈도 민광주 의원이 부담해야 한다.

이경수 회장은 몇억 원씩을 후원하는 큰손이 아니라 민광주 의원이 선거법을 피하기 위해 가끔 명함을 빌리는 그저 그런 관계였기 때문이다.

결국 오늘 〈678정신회〉 모임에는 경비까지 합쳐 최소 8,000만 원에서 최대 9,000만 원이 들어간다.

딱 한번 모임에 9,000만 원이 들어가다니?

정말 정신이 번쩍 나는 모임이었다.

어쨌든 며칠 전 민광주 의원은 오늘 쓰라며 임 국장에게 선뜻 현금 1억 원을 줬다.

대통령 출마를 선언한 뒤 달라진 민광주 의원의 통 큰 돈질이었다.

덕분에 임 국장은 이미 호텔 측과 말끔하게 계산을 끝냈고 10만 원짜리 봉투 육백 개를 점잖게 준비해 놨다.

수석보좌관인 자신조차 모르는 이 뭉치 돈이 어디서 생겼을까?

아마 민광주 의원이 강력한 차기 대권주자로 부상을 하면서 메이저 스폰서들이 붙었음이 틀림없었다.

사실, 돈이 없어서 탈이지 검은 돈이든 흰 돈이든 전혀 상관없었다.

손에 들어온 돈을 집에 들고 가 세탁기 한 번만 돌리면 아주 깨끗해진다. 정치가에게 돈 세탁은 세탁소에서 양복을 드라이크리닝하는 것만큼이나 쉬운 일이었고 임 국장 주특기가 돈 세탁이었다.

두 번째 이유는 민광주 의원이 차기 대통령 출마를 공표하면서 자신의 지역구를 임 국장에게 물려주겠다고 발표를 했기 때문이다.

임 국장은 감격했다.

민광주 의원이 임 국장의 오랜 친구이자 라이벌인 피대치당 청년 국장을 택하지 않고 자신을 택했던 것이다.

그날 저녁 작은 선술집에서 막걸리를 한잔하면서 민광주 의원이 임 국장에게 퇴직금이라면서 큼직한 아파트 한 채와 깜짝 놀랄 만큼의 돈을 줬을 때 임 국장은 끝내 눈물을 보이고야 말았다.

그 임 국장이 오늘은 눈에서 눈물이 나는 것이 아니라 손에서 자꾸 물이 새어 나왔다.

방금 비선 조직을 통해 받은 전화를 얼마나 힘들게 쥐고 있었는지 계속 손에 땀이 났기 때문이다.

민광주 의원은 모임이 끝날 때까지 천재지변에 준하는 사태가 아니면 절대 보고하지 말라고 엄명을 내렸다.

하지만 방금 받은 제보는 민의원이 천재지변이 있어도 무
조건 보호하라는 인물에 관한 제보였기 때문이다.

임 국장은 계산을 끝냈다.

천재지변에 준하는 사태보다 천재지변이 있어 도가 한 수
위였다.

"아, 잠깐만……."

민광주 의원이 얼굴을 찌푸리며 임 국장이 건넨 땀에 젖은
휴대폰을 받았다.

꽈직!

민광주 의원이 벽에다 휴대폰을 팽개쳤다.

"이 십팔 새끼들이 감히 내 사매를 건드려? 벌써부터 날 견
제한다는 거야? 이 개새끼들이 뒈질라고 환장을 했어! 쌍놈의
새끼들이 아직도 창창한 봄날인 줄 아나? 개쌔끼들!"

임 국장이 입을 쩍 벌렸다.

아니, 임 국장뿐만이 아니었다. 사파이어 홀에 모여 있던
백여 명의 기자와 팔십육 명의 현역 의원을 비롯한 정치가들
까지 일제히 눈이 커졌다.

임 국장을 비롯한 이곳에 모인 모든 사람은 민광주 의원이
욕하는 모습을 한 번도 본 적이 없었다.

두주불사인 민광주 의원은 아무리 술에 취해도 농담으로
도 육두문자를 입에 담는 사람이 아니었다.

민광주 의원 스스로 남아일언 중천금이라는 금언을 좌우명으로 삼고 항상 말과 행동을 조심하는 정치가였다.

군부독재 시절 교도소에서 출소하면서도 욕 한마디 하지 않고 다 자신의 부덕의 소치로 돌린 우리나라 호남유생의 적자였다.

한데 그 민광주 의원이 입에 담지 못할 육두문자를 뱉으며 길길이 날뛰었다. 그것도 백여 명의 기자가 몰려든 공개석상에서!

그만큼 지금 민광주 의원 입에서 언뜻 나온 사매라는 인물이 거물이라는 반증이었다.

임 국장은 평생을 정치판에서 보낸 사람답게 자연스럽게 시나리오 하나가 그려졌다.

킹 메이커였다.

민광주 의원의 대선 자금을 책임지고 대통령으로 밀고 있는 엄청난 거물!

"야! 임 국장. 청와대 정무수석 연결해!"

"옛! 총장님!"

"아아— 됐어! 내가 직접 만나러 가지."

"……!"

민광주 의원이 얼마나 열이 받았는지 벗어놓은 양복 윗도리조차 걸치지 않고 살기를 뿜으며 돌아섰다.

와장창!

다시 민광주 의원이 입구에 놓여 있던 화환을 들어 그대로 내팽개쳤다.

"개새끼! 내가 죽는지 네가 죽는지 두고 보자!"

파파팟!

사진기자들이 벌 떼처럼 따라 붙으며 플래시를 터뜨렸다.

그제야 정신 차린 임 국장 등이 번개처럼 민광주 의원을 감싼 채 행사장을 빠져나갔다.

호텔 로비 저편에서 ㈜TNT 엔터테인먼트의 피대치 전무, 피 팀장이 하얗게 질린 채 달려왔다.

쫙!

민광주 의원이 다짜고짜 피 팀장의 뺨을 날렸다.

"병신 같은 놈! 연예계에서 밥을 먹는다는 놈이 그래……."

"며, 면목 없습니다. 선생님!"

피 팀장이 허리를 깊숙이 접은 채 뜻 모를 사과를 했다.

"청와대로 간다. 따라와!"

"옛! 선생님."

민광주 의원이 살기를 풀풀 날리며 피 팀장과 임 국장의 경호를 받으며 호텔 정문을 나섰다.

끽! 기다렸다는 듯 최고급 리무진 승용차 한대가 민광주 의원 앞에 멈췄다.

"……?"

민광주 의원이 불쾌한 듯 눈꼬리를 치키며 승용차를 쩨려

봤다.

철컹!

피 팀장이 리무진의 뒷좌석 문을 열었다.

"타시죠. 선생님!"

"이, 이건 내 차가 아니잖아?"

민광주 의원과 임 국장이 동시에 당황했다.

지금 민광주 의원 앞에 정차해 있는 리무진은 국가 원수들이나 타는 최고급 승용차였기 때문이다.

"방금 김 회장님께서 보내셨습니다."

"뭐, 뭐? 사매가!"

"예! 대통령 후보가 되신 축하 선물이라고 하셨습니다."

"어허— 녀석 참?"

오 분 전까지 허옇게 얼어붙었던 민광주 의원의 얼굴이 좋아하는 술을 한잔 걸친 사람처럼 불그스레하게 변했다.

부웅!

민광주 의원이 탄 리무진 승용차가 롯데호텔을 떠났다.

대통령 후보가 된 것을 진심으로 축하해. 사형!

얘 대한민국에 딱 다섯 대밖에 없대.

대통령 후보쯤 됐으면 그래도 얘 정도는 타고 다녀야 폼 나지.

사형 차는 너무 꼬지더라구. 헤헤!

훗날 청와대에 들어갈 때도 이 차 타고 가!

나중에 유세할 때 불러. 내가 무대에 올라가 엄청 세게 노래를 불러
줄게.

덕분에 미국 레코드사와 음반 계약을 했어.

사형이 곁에 있어서 정말 든든해. 사랑해!

—채나.

*대치 고향에 몇 번 가줘. 대치는 아직 왕초보잖아.

민광주 의원이 편지를 조심스럽게 접어 품속에 간직했다.

"껄껄껄! 뭔가 거꾸로 돼도 한참 거꾸로 됐어. 사형인 나는
해준 게 아무것도 없거늘…….'

민광주 의원이 몸을 차 등받이에 깊숙이 누였다.

"사매에게 딴지를 건 놈 확인됐나? 피 팀장!"

"행정담당 제일 비서관인 최종열이로 밝혀졌습니다. 선생
님!"

"최종열이? 그래. 그 멍청한 놈이면 능히 개수작을 부릴 만
하지!"

"아마 선생님과 김 회장님과의 관계를 모르고 김 회장님을
길들이는…….'

"아핫핫핫핫!"

갑자기 민광주 의원이 리무진 승용차가 흔들릴 만큼 대소
를 터뜨렸다.

"최종열이가 우리 사매를 길들여? 핫핫핫!"

민광주 의원이 도저히 못 참겠다는 듯 머리까지 흔들며 웃어댔다.

"야! 피 팀장, 임 국장!"

"예! 선생님."

피팀장과 임 국장이 씩씩하게 대답했다.

"너희도 앞으로 국회의원도 되고 장관도 되고 할 거다."

"……!"

"정치하는 놈 어떤 놈이든 다 닮아도 이 최종열이는 닮지 마라. 이놈 정신박약아야. 어찌어찌 대통령 비서관이 되더니 당달봉사가 됐어. 생전에 우리 선생님조차도 어려워했던 사매를 건들여? 감히!"

"이번 기회에 최종열이한테 사람을 잘못 건들면 어떻게 되는지 따끔하게 가르쳐 주시지요? 선생님!"

피 팀장이 비릿한 미소를 띤 채 민광주 의원의 말을 받았다.

"껄껄껄! 그래. 일단 청와대로 가자! 그리고 임 국장?"

"예! 선생님."

"다음 주 중으로 피 팀장 고향인 전주에 내려갈 테니까 일정을 잡아봐."

"그, 그게 아시다시피 다음 중에는 월드컵 때문에 한국을 방문하는 각 국의 VIP들과 약속이 꽉 차 있습니다. 선생님!"

"됐어! 모두 취소하고 먼저 전주에 가자. 대치가 그동안 나 때문에 고생을 너무 많이 했어. 이번 기회에 대치 고향에 가서 어른들께 인사도 드리고 맛있는 비빔밥도 좀 먹고 그리고 올라오자고!"

"고맙습니다. 선생님!"

조수석에 타고 있던 피 팀장이 차창을 향해 머리를 깊숙이 숙였다.

차창 밖에서 채나가 괜찮다는 듯 귀엽게 손을 흔들었다.

부우우웅!

민광주 의원을 태운 검은색 리무진 승용차가 광화문을 지난 삼청동으로 향했다.

오 분 전쯤 민광주 의원 옆자리에 앉아 있던 임 국장은 민광주 의원이 읽던 편지를 본의 아니게 아주 잠깐 봤다.

왕초보인 대치 고향에 몇 번 가주라는 말이 쓰여 있는 것 같았다.

현재 대한민국의 강력한 차기 대권후보자로 떠오른 민광주 의원은 수많은 국내외 정재계의 VIP들이 줄줄이 면담을 신청해 놓은 상태였다.

한데 김 회장이란 사람의 한 마디에 민광주 의원이 모든 일정을 접고 피 팀장의 고향, 피대치의 지역구에 내려가겠다는 것이다.

임 국장은 이제야 확실히 감이 잡혔다.

민광주 의원의 진짜 후계자는 자신이 아니라 피 팀장이었다.

리무진과 함께 편지를 보낸 김 회장이란 사람이 그렇게 결정했다.

*   *   *

파다다닥!

꿩 한 마리가 누런 잡초더미에서 하늘로 날아올랐다.

탕!

총 소리와 함께 수백 개의 쇠 구슬이 꿩을 쫓아갔다.

꿩이 힘없이 떨어져 내리고 털이 북슬북슬한 큼직한 손 하나가 꿩을 주워 들었다.

커다란 배낭을 멘 채 등산복 차림에 카우보이모자를 쓰고 산탄총을 든 미국 텍사스지방에 가면 흔히 볼 수 있는 늙은 목동!

월 스트리트 저널이 선정한 2001년도 미국의 십대 부자 중 한 사람으로 방산업체인 더글러스사 오너 겸 NRA 전미총기협회장 이며 미국 사격협회장인 지미 페이지였다.

페이지 회장이 꿩을 허리춤에 차고 고즈넉한 황야를 걸어갔다.

유명한 서부 영화에서 나오는 잡초들과 잡목들이 우거진 그런 목장이었다.

정확히 말하면 목장이 아니라 텍사스에 있는 개인 사냥터였다.

무려 천만 평이 넘는다는 지미 페이지 회장의 사유지였다.

페이지 회장의 두 가지 취미 중 한 가지가 사냥이었다. 아니, 사냥이라기보다 걷기라고 말하는 게 더 정확했다.

페이지 회장은 주말이 되면 어김없이 텍사스에 있는 이 사냥터에 와서 꿩이나 여우를 주로 사냥했는데 사냥개 한 마리 없이 말이나 차도 타지 않은 채 끝없이 걸어 다니며 사냥을 했고 포획한 사냥감들을 식량 삼아 일박 이일이나 이박 삼일쯤 야영을 하면서 주말을 보냈다.

이 보이스카우트 같은 취미는 페이지 회장이 좋아서 하는 것은 아니었다.

"지금처럼 그냥 집에 계시면 오 년쯤 더 사실 겁니다. 들판에 나가셔서 맑은 공기를 마시면서 걸어 다니시면 오십 년은 더 사실 거구요."

노벨 화학상을 수상한 세계적으로 유명한 의사인 닥터 케인이 페이지 회장의 작은 창자 속에 있는 암 덩어리를 들어낸 뒤에 한 말이었다.

그때부터 페이지 회장은 걷는 게 취미요 특기였다.

"치료비는 필요 없습니다. 우리 울보 잘 부탁드립니다. 회장님!"

케인이 얼마나 정중하게 부탁을 하는지 페이지 회장이 같이 고개를 숙였을 정도였다.

"내게 그렇게까지 부탁을 했는데 케인 박사가 많이 섭섭해 하겠군."

페이지 회장이 모자를 벗어 얼굴을 부치며 걸어갔다.

"압력이라? 채나 킴처럼 젊고 능력 있는 친구들한테까지 굳이 그럴 필요가 있나?"

힘으로 누르는 압력은 페이지 회장이 가장 즐겨 사용하는 방법이지만 가장 싫어하는 행동 중 하나였다.

"채나 킴이 한국에 도착하기 전에 내가 여기저기 부탁까지 했는데도 이런단 말이지? 이제 한국 친구들도 많이 컸구만!"

페이지 회장이 나무그늘 밑에서 걸음을 멈추고 배낭을 내렸다.

"뭐 굳이 말썽을 부리겠다면 약간 때려주면 되지."

배낭에서 휴대폰을 꺼내 천천히 번호를 눌렀다.

이 전화번호의 주인은 현재 미국 대통령이었다.

윙윙윙!

그때였다.

멀리서 말발굽 소리와 함께 개 짖는 소리가 들려왔다.

"······!"

페이지 회장의 눈이 커졌다.

페이지 회장의 두 번째 취미는 맹견을 키우는 것이었다. 아주 어릴 때부터 황소만 한 개를 좋아해서 개가 짖는 소리만 듣고도 개의 종류를 알아맞힐 만큼 애견가였다.

카우보이모자를 쓴 삼십대 사내가 말을 탄 채 새까만 강아지 두 마리를 앞세우고 다가왔다.

"식스! 회장님 드려."

사내가 명령하자 새까만 강아지 한 마리가 종이봉투 한 장을 입에 물고 페이지회장 앞으로 뛰어갔다.

"오 마이 갓! 오리지널 티벳탄 마스티푸 사자개야!"

페이지 회장이 얼굴에 환한 미소가 번졌다.

채나 킴이에요, 회장님!

퀸이 아가들을 낳았어요. 예전부터 회장님께서 부탁을 하셔서 두 녀석을 보냅니다. 이름은 식스와 세븐이구요. 둘 다 남자애랍니다.

아참? 그리고 이번에 EMA와 음반계약을 했어요. 가까운 시간 내에 회장님을 뵐 수 있을 거예요.

늘 회장님을 존경하는 채나.

"허허헛! 역시 지구 최고의 총잡이답게 로비 활동비를 엄청 빠르게 입금시켰구만."

페이지 회장이 대소를 터뜨리며 종이봉투를 정성스럽게 접었다.

"미안하군. 자네가 늘 존경하는 이 페이지가 이번엔 자네에게 실수를 한 것 같아. 내 약속하지! 앞으로는 절대 파리들이 꼬이지 않을 거야."

페이지 회장이 모자를 벗어 바닥에 내려놓으며 쪼그려 앉았다.

"자아! 우리 귀하신 아가들! 좀 안아볼까?"

새까만 강아지 두 마리 식스, 세븐이 기다렸다는 듯 페이지 회장에게 안겼다.

방금 페이지 회장이 미국 대통령에게 로비를 하고 로비활동비로 받은 것은 자신이 유일하게 갖지 못했던 사자개 순종 수컷 두 마리였다.

*　　　*　　　*

구구구궁!

무한궤도의 굉음이 지축을 뒤흔들었다.

흡사 삶은 계란을 반으로 잘라 엎어놓은 듯한 약간 코믹한 모습의 중국 육군의 89식 중전차 백 대와 중국 육군의 표준형 장갑차인 92식 보병 전투장갑차 오백 대, 최신형 09식 보병전투장갑차 이백 대가 동원되어 훈련을 하고 있었다.

무려 팔백 대가 넘는 기갑차량이었건만 아주 오랫동안 열심히 훈련을 해온 듯 지휘차량의 명령에 따라 빠르고 일사불

란하게 움직였다.

중국공산당 정치국 상무위원이요, 당 중앙군사위원회 부주석겸 북경군구 사령원인 혈룡(血龍) 요요림 상장이 1㎞쯤 떨어진 지휘소에서 망원경을 든 채 훈련 상황을 살펴보고 있었다.

화가 나면 하얀 눈썹이 붉게 변하면서 용처럼 꿈틀거린다 하여 혈룡이란 별호가 붙은 요요림 상장은 중국 내 대표적인 친 한파 장군으로 우리나라 정계 및 군부에도 잘 알려진 막강한 실력자였다.

"역시 돈이 좋구만! 상금을 걸었더니 자식들이 번쩍 번쩍 움직이네."

"쓴 백주라도 한 통 걸리면 아무래도 훈련 효과가 있을 수밖에 없습니다. 사령원 동지!"

요요림 상장이 미소를 띠며 말하자 참모장인 왕극 중장이 말을 받았다.

"좋아! 훈련이 끝나는 대로 정확히 성적을 평가해서 시상하라우. 상금은 지시한 대로 현금으로 직접 주고!"

요요림 상장이 유난히 하얀 눈썹을 빛내며 돈을 강조하는 명령을 내렸다.

"알겠습니다. 사령원 동지!"

왕극 중장이 웃으면서 대답했다.

기갑부대의 훈련을 참관중인 왕극 중장을 비롯한 북경군

구의 지도부들은 요즘 새삼스럽게 혈룡 요요림 장군의 능력에 대하여 감탄을 금치 못하고 있었다.

세계적인 불경기로 인해 중국 내 부자 군구로 손꼽히는 광주군구나 제남 군구조차 병사들의 월급이 몇 개월씩 밀리는 상황에서 북경군구만 유독 현찰이 꽉꽉 돌아가고 있었기 때문이다.

당연히 사령원인 요요림 장군의 명성이 하늘을 찔렀다.

사실, 자본주의가 가장 발달한 나라는 미국이라고 하지만 자본주의의 기본이 되는 돈을 가장 좋아하는 나라는 중국이었다.

오죽하면 역대 황제들의 곤룡포 색깔이 황금색인 노란색이었겠는가?

지금도 중국에서는 축의금이나 조의금의 액수에 따라 그 친분 정도를 판단한다.

해서 요요림 상장은 현금으로 상금을 주라는 명령을 내렸던 것이다.

바로 그때였다.

깔끔한 검은색 양복을 걸친 사내가 조심스럽게 요요림 상장 옆으로 다가와 나직이 보고를 했다.

콰직!

요요림 상장이 그대로 망원경을 집어 던졌다.

"당장 이문봉이를 잡아와! 지금부터 다섯 시간 주겠어. 그때까지도 이문봉이가 내 앞에 없을 때는 모두 각오하라우!"

"······!"

정말 마른하늘에 날벼락이란 말은 이럴 때 사용하는 것 일 게다.

일 분 전까지만 해도 인자한 웃음을 띠며 상금을 현금으로 직접 주라는 명령까지 내렸던 요요림 상장이 느닷없이 혈룡이란 별호처럼 하얀 눈썹이 벌겋게 변해 꿈틀거리며 망원경까지 패대기치면서 이문봉이의 체포 명령을 내렸다.

지휘소에 있던 장군들의 얼굴이 얼음장처럼 변했다.

이문봉는 북경주재 한국 대사 이름이었다.

"이 새끼들이 나 요요림이를 무시해도 분수가 있지? 내 그렇게 여러 번 사매를 부탁했건만!"

뿌드드득!

요요림 상장이 이빨을 갈았다.

"야! 왕극이! 당장 한국대사관으로 가자."

"옛! 사령원 동지."

"내 이문봉이를 찾아가 골통을 부숴 버리갔어."

쾅쾅쾅!

요요림 상장이 훈련 중인 전차의 무한궤도 소리보다 더욱 요란하게 바닥을 박차며 지휘소를 뛰쳐나갔다.

참모장인 왕극 중장은 대체 뭘 어떻게 해서 요요림 상장을 진정시켜야 될지 도무지 생각이 나질 않았다. 그만큼 갑자기 벌어진 사태였다.

요요림 상장은 평소에는 아주 인자한 할아버지 같은 모습이지만 일단 화가 나면 12억이 넘는 중국 인구 중에서 말리수 있는 사람은 아무도 없었다.

하지만 어떻게 든 요요림 상장을 진정시켜야 한다.

그냥 놔두면 권총을 뽑아 들고 북경 주재 한국 대사관에 난입해 대사관을 발칵 뒤집어놓을게 뻔했다.

왕극 중장을 비롯한 참모들이 황급히 요요림 상장을 따라나섰다.

한편, 그들은 정말 궁금하고 보고 싶었다.

도대체 사매가 어떤 사람이기에 요요림 상장이 저토록 진노를 할까?

척!

그때 중교 계급장을 단 장교 두 명이 빠르게 다가와 요요림 상장에게 경례를 붙였다.

"뭐야? 새끼들아!"

혈룡 요요림 상장의 입에서 새빨간 피가 쏟아졌다.

"즉시 청도항으로 가서야 할 것 같습니다. 사령원 동지! 한국에서 사령원께 보낸 전자제품이 하역 중에 있다는 급전입니다."

"한국에서 보낸 전자제품이 하역 중에 있다구? 내게 말이냐?"

"옛! 이것이 담당자가 가져온 견본품입니다. 사령원 동지!"

"이거… 한국 〈삼성전자〉에서 나온 칼라 텔레비전이잖아?"

"한국 화폐로 100만 원이 넘는 최고급품입니다. 사령원 동지."

참모장인 왕극 중장이 이때다 하고 끼어들었다.

"그래? 그런 귀물을 누가 나한테 보냈을까?"

왕극 중장이 한국 화폐로 텔레비전값을 말하며 설명하자 요요림 상장이 기분이 누그러지는지 붉어진 눈썹이 조금씩 하얗게 변하기 시작했다.

2012년인 지금도 공해상에서 한국산 전자제품과 중국산 농산물이 교환되는 밀무역이 이뤄진다고 한다. 그만큼 한국산 냉장고나 텔레비전이 가치가 있는 귀중품이라는 반증이었다.

2002년도 당시는 더 이상 설명이 필요 없었다.

"여기 텔레비전과 같이 보내온 서신입니다. 사령원 동지!"

중국 육군 중교 계급장을 단 장교가 정중하게 붉은 봉투를 내밀었다.

비록 대사형이 멀리 중국에 있지만 그래도 채나는 늘 든든해. 짱 할 아버지처럼 의지가 되구! 헤헤헤! 가까운 시일 내에 중국에 가서 공연을 하게 될 거야. 그때 좀 잘 봐줘.

TV는 대사형에게 드리는 뇌물 겸 선물이야. 미국의 큰 레코드사와 음반계약을 하면서 돈을 좀 벌었어.

사랑해!

—채나.

"……."

요요림 상장이 충격을 받은 듯 한참 동안이나 편지에서 시선을 떼지 못했다.

"이거 몇 대나 왔어?"

꼭 오 분 만에 요요림 상장이 입을 열었다.

"모두 백 대가 도착했습니다."

"백 대?!"

이제야 왕극 중장을 비롯한 장군들은 요요림 상장이 미친 듯이 화를 낸 이유를 알았다.

한국 화폐로 100만 원이 넘는 최고급품 텔레비전을 백대씩이나 선물하는 사매라면 한국대사관 아니라 한국 본토라도 쳐들어가야 한다. 이문봉이 아니라 오문봉이 백문봉이 천문봉이라도 쫓아가 족쳐야 한다.

철컥! 왕극 중장이 권총을 뽑아 들었다.

"대사관으로 가시죠, 사령원! 제가 앞장서겠습니다."

피식!

요요림 상장이 잇새로 쓴웃음을 날렸다.

"내가 네 손에 십이억 명의 생사여탈권을 쥘 수 있도록 도와준 것은 세 가지 이유 때문이다. 첫째 네 사매를 지켜라. 둘째 네 사문을 지켜라. 셋째 너와 내 조국인 중국을 지켜라. 이것은 부탁이 아니라 명령이다."

선문의 97대 대종사 장용이 가장 큰 제자요, 채나의 대사형인 요요림 상장에게 남긴 유언이었다.

장용은 사문보다 조국보다도 먼저 채나를 지키라고 명령했다. 요요림 상장은 그 명령을 지키지 못한 것 같아 못내 마음에 걸렸다.

사흘 후, 대한민국 대통령 비서실에는 엄청난 인사 태풍이 불어닥쳤다.

민정수석, 총무수석, 행정수석, 복지수석, 사정수석 비서관들이 경질되거나

사표를 냈고 일급 비서관부터 삼급 비서관까지 열다섯 명이 사표를 냈다

6장

개그맨실의 폭풍

"컷! 아주 기가 막힌 연기였습니다. 모두 수고들 하셨습니다. 이번 주 〈개판〉 녹화는 여기서 마치겠습니다."

〈개판〉을 연출하는 KBC 예능본부 차정태 PD가 손을 높이 들며 외쳤다.

"후우우……."

아주 촌스럽고 사납게 생긴 중년 여성 구로동 꺽다리 아줌마로 분장한 연필신이 한숨을 길게 쉬며 무대에서 내려왔다.

"고생했어요. 필신 씨!"

"수고하셨습니다. 차 PD님!"

시끌시끌!

연필신이 분장도 지우지 않은 채 사오십 명의 개그맨이 쉬고 있는 〈개판〉 출연진 대기실로 들어와 주저앉았다.

"푸후! 졸라 힘드네."

연필신은 어젯밤 두 시까지 DBS FM의 〈연필신의 좋은 음악 좋은 노래〉를 녹음한 뒤 새벽 여섯 시에 다시 여의도 KBC TV 스튜디오에 나와 오전 일곱 시부터 〈구로동 꺽다리 아줌마〉 녹화에 들어가 열두 시간 조금 안 된 지금 겨우 끝냈다.

모든 신경이 채나의 〈우스타〉 하차 건에 쏠려 있어서 〈개판〉 녹화를 정말 개판처럼 하고 말았다.

"아후! 조용히 좀 해. 도대체 왜 이렇게 떠드는 거야?"

연필신이 짜증스럽게 소리치며 뽀글뽀글한 파마머리 가발을 벗어 던졌다.

……!

갑자기 소란했던 대기실이 조용해졌다.

연필신은 KBC 공채 개그맨 육 년 차였다.

서열로 따지면 지금 대기실에 있는 개그맨들 중 딱 중간이었다.

하지만 선배들도 연필신의 말에 딴죽을 걸지 못했다.

요즘 KBC 개그맨실에서 제일 잘나가는 사람이 연필신이었기 때문이었다.

고정 프로만 해도 DBS FM의 〈좋은 음악 좋은 노래〉, DBS TV의 〈한 주의 연예소식〉, KBC1 라디오의 〈오후를 여는 사람들〉, 거기에 이 〈개판〉까지 네 개였고 다음 주에 시작되는 〈수요일의 음악 세계〉까지 합치면 무려 다섯 개나 됐다.

게다가 여기저기 게스트로 초대되어 가는 프로가 몇 개인지는 연필신만 알고 있을 정도였고 초청받은 행사 또한 수십 개가 넘었다.

어느 조직이든 밥그릇 숫자를 따지는 서열이 존재한다.

하지만 대부분 그것은 사회적인 통념이요, 의례일 뿐이었다.

떨어지는 나뭇잎조차 직각으로 떨어진다는 육군사관학교나 그 육사보다 더 선후배 관계를 따진다는 연예계에서조차 나보다 더 잘나가는 실력자에게는 한발 양보할 수밖에 없었다.

그것이 바로 약자에게는 강하고 강자에게는 약한 우리 사회에 오랫동안 전해져 내려온 미덕(?) 중 하나였다.

"뭐, 뭐야? 부재중 전화 192통! 부재중 메시지 204통?!"

연필신이 버릇처럼 휴대폰을 열어보다가 액정화면에 떠 있는 문자를 보고 기겁을 했다.

―필신 씨! 대한일보 장 기자입니다. 김채나 씨 자진하차 문제로…….
―필신 씨! 신동아일보 박이나입니다. 채나 씨가…….
―MBS의 공갈배 기자입니다. 김채나 씨에 관해서…….

타탕!

여기까지 읽던 연필신이 휴대폰을 집어 던지며 벌떡 일어났다.

"정말 짱 나네! 본인이 자진하차라고 하면 그렇게 믿어주면 되지 웬 의심들이 이렇게 많아?"

연필신이 북풍한설을 몰아치며 대기실을 빠져나갔다.

수더분한 인상의 개그맨 나근석이 연필신의 상대역인 충청 댁으로 출연하는 신인 개그우먼 이갑숙에게 눈짓을 했다.

이갑숙이 잽싸게 휴대폰을 주워 들고 연필신을 쫓아갔다.

사실, 연필신은 며칠 전 채나가 〈우스타〉에서 자진하차 아닌 자진하차를 발표했을 때 충격을 받고 아예 연예계를 떠날 생각까지 했다.

아무도 모르게 어느 학원의 수학강사 자리까지 알아보기도 했다.

그만큼 연예계에 환멸을 느꼈기 때문이다.

지금까지 〈우스타〉를 키워준 일등공신이 누군가?

백 사람에게 물어보면 백 사람 다 채나라고 대답할 것이다.

한데 압력이니 어쩌니 하면서 하루아침에 잘라?

채나 같은 슈퍼스타도 비위에 거슬리면 단칼인데 나 같은 개그우먼은?

고심 끝에 연필신은 버티기로 했다.

KBC에서 자신이 떠날 때 채나처럼 퇴직금으로 예능3국은 주지 않더라도 〈개판〉 한 코너쯤은 떼어줄 때까지 죽기 살기로 매달리기로 했다.

연필신식 복수였다.

와글와글!

"KBC는 나처럼 뚜껑 열린 사람들만 있나? 휴게실에 웬 사람이 이렇게 많아?"

KBC 여의도 사옥 옥상에 만들어진 소위 친환경 휴게실은 여러 잡지에 화보로 나올 만큼 그럴듯했다.

넓은 옥상에 갖가지 종류의 나무들과 꽃을 심고 아크릴로 만든 투명한 지붕과 통나무 의자들을 배치해 어느 멜로 영화에 나오는 테마공원처럼 꾸몄다.

점심시간인 지금은 붐빌 수밖에 없었다.

"녀석이 많이 아프지 말아야 할 텐데……."

연필신이 팔짱을 낀 채 저 멀리 조용히 흐르는 한강을 바라보며 채나의 귀여운 얼굴을 떠올렸다.

언제부턴가 연필신에게 채나는 친구를 떠나 정신적인 지주, 이 살벌한 연예계에서 유일하게 의지할 수 있는 기둥이 됐다.

그 기둥이 상처를 입고 아파하는데 자신은 아무것도 해줄수 없다는 현실이 너무나 속상했던 것이다.

"푸후―"

연필신이 자신도 모르게 길게 한숨을 내쉬었다.

"언니, 여기!"

그때, 이갑숙이 고개를 푹 숙인 채 커피 잔과 휴대폰을 내밀었다.

"고마워. 갑숙아!"

연필신이 열이 좀 식었는지 목소리가 부드러워졌다.

"저 때문에 짜증 많이 나셨죠? 죄송해요, 언니! 다음 주엔 잘할게요."

"괜찮아. 그 정도면 잘했어! 난 신인 때 대사조차 제대로 못 외웠는데 뭐. 카메라가 나한테 오기만 하면 바짝 얼어서 눈사람이 됐고!"

연필신이 이갑숙을 다독거렸다.

"그리고 너 때문에 화난 거 아냐. 채나 때문에 속상해서 그래!"

"네에……."

연필신이 열 받은 이유를 밝히자 이갑숙이 안심이 되는 듯 얼굴이 밝아졌다.

"제가 드릴 말씀은 아닌데… 채나 언니 너무 걱정 마세요, 필신 언니!"

이갑숙이 민망한 듯 머리를 긁으며 조심스럽게 입을 열었다.

"채나 언니 때문에 대통령 비서실이 개박살 났대요! 국회에서도 난리구요."

"……!"

"대통령이 직접 채나 언니한테 사과 전화까지 했다는 소문이 인터넷에 파다해요. DBS 김 회장이 진상사절로 헐레벌떡 달려갔고요."

"아휴휴— 꼬시다 왕재수 새끼들! 감히 빌보드의 여왕을 뭘로 아는 거야? 또 지랄하면 람보가 쓰는 M60인가 하는 기관총 빌려 와서 채나한테 모조리 갈겨 버리라고 할 거야. 개스키들! 골통에 총 맞고 싶으면 얼마든지 깝치라 해."

연필신이 이갑숙의 얘기를 듣자 다시 열이 받는지 평소에는 좀처럼 드러내지 않던 거친 성격을 그대로 보여주며 핏대를 올렸다.

"네네! 그러니까 이제 마음 푸세요. 까놓고 말해서 채나 언니한테는 아주 잘된 일이잖아요. 또라이들이 한국을 떠날 명분을 확실히 만들어줬으니까요. 이참에 훌훌 털고 미국에 가서 활동하면 되죠, 뭐! 가족들도 친구들도 몽땅 미국에 있는데 좀 좋아요."

"……!"

연필신이 움찔했다.

이갑숙이 연필신이 잊고 있었던 채나의 입장을 예리하게 지적했기 때문이다.

연필신은 채나가 삼계탕이나 멍멍탕을 좋아할 만큼 워낙 한국적이어서 자신처럼 시골에서 상경해 활동하는 연예인으로 착각하고 있었다.

채나의 고향은 미국이었다.

또 연필신은 모르고 있었다.

채나는 이미 〈우스타〉 자진하차를 발표할 때 강 관장과 모든 상의를 끝냈다.

강 관장이 비록 펀치 드렁크에 시달려 지능지수가 세퍼트와 비슷했지만 현역 프로 복싱 세계 챔피언을 세 명씩이나 보유한 세계적인 거물 프로모터였다.

채나가 어떤 길로 가야 하는지 논리정연하게 설명하진 못했지만 당대 최고의 프로모터로서의 촉은 날카롭게 살아 있었다.

"오늘부로 한국에서의 모든 활동은 접는다. 일주일 뒤 미국으로 건너가 정규 앨범을 준비하고 연말에 한국에 들어와 콘서트를 열고 정규 앨범 발표와 함께 쇼 케이스의 일환으로 세계를 돌며 월드 투어를 뛴다. 그사이에 짬을 내 미국, 일본, 중국, 영국, 호주, 러시아 등 각국 방송에 출연하고!"

강 관장이 기자들 앞에서 채나의 〈우스타〉 자진하차 선언을 한 뒤 곧바로 돌아서서 마치 살인 명령을 내리는 마피아 두목처럼 채나에게 이렇게 명령했다.

그리고 한마디 덧붙였다.

"너희 가족에게 미안해서도 더 이상 널 한국에서 활동하게 할 수 없다!"

채나는 강 관장의 마지막 말, 가족이란 말에서 자신의 실수를 깨달았다.

스스로 한 번도 밝힌 적이 없었지만 채나는 명실공히 세계 사격계의 신이었고 스포츠계의 슈퍼스타였다.

더불어 지금은 빌보드 차트의 정상을 넘나드는 초특급 뮤지션이었다.

그러나 채나가 획득한 이 왕좌는 결코 혼자 노력해서 얻은 것은 결코 아니었다.

약혼자인 닥터 케인과 엄마인 이경희 교수, 친할아버지인 김집 교장과 미국사격 대표팀장 감독 등 수많은 사람의 응원과 후원이 있었기에 가능했다.

임종하기 오 분 전까지 채나에게 가르침을 내렸던 이십 세기 최후의 신비인인 선문의 제97대 대종사 장룡, 짱 할아버지의 공로가 절대적이었고!

채나는 장룡이 금이야 옥이야 키운 후계자요, 선문의 제98대 대종사였다.

그 채나가 한국에서 들어오자마자 공항에서 테러리스트로 오인 받아 오랫동안 붙잡혀 있었고, 마사회를 방문했을 때는 마방에 들어가 말똥까지 치웠고, 이제는 TV프로에서 쫓겨나는 수모까지 당했다.

결정적으로, 채나가 한국에 들어온 첫 번째 목적은 가족들을 살해한 범인을 찾기 위해서였다.

한데 자신의 활동이 쨩 할아버지를 비롯해 돌아가신 분들과 열심히 살아가는 가족들에게 누를 끼친다면 더 이상 한국에 남아 있을 명분이 없었다.

해서 채나는 지금까지 한국에서 활동을 정리하는 뜻과 감사의 의미를 담아 친지들과 지인들에게 작별 인사를 겸한 선물을 보냈던 것이다.

막 그 선물이 연필신에게도 날아왔었다.

"맞아! 갑숙이 네 말이 정답이다. 채나가 아쉬울 건 하나도 없어. DBS나 〈우스타〉가 아쉽지! 더욱이 이제 채나는……."

연필신은 채나가 미국 EMA 레코드사와 음반 계약을 맺고 받은 1억 1,500만 달러라는 천문학적인 액수를 직접 장부에 기록한 장본인이었다.

이 사실을 자랑하고 싶었지만 연필신의 현명한 지혜가 입을 막았다.

"어이구— 그럼요! 1억 불을 주니 1천억 엔을 주니 하는 판인데 채나 언니가 얼마나 신나겠어요? 그냥 한 방에 재벌이에요."

연필신이 자신의 말을 듣고 기분이 풀린 듯하자 이갑숙이 마치 자신이 미국의 음반 회사와 계약이라도 한 듯 침을 튀겼다.

근사치에 가까운 1억 불이란 액수까지 제시하며!

"1천억 엔은 또 뭐냐? 1억 불 소리는 들어봤는데… 일본에서 그렇게 준대?"

"네! 일본 메이저 방송사에서 채나 언니한테 일본 방송에 십 년 동안 고정으로 출연해 주면 천억 엔을 주겠다고 했대요."

"크흐흐흐— 뻥도 참! 천억 엔이 무슨 비명 소린 줄 아나? 요즘 환율로 치면 무려 1조 4천억 원이야! 1조 원이 훨씬 넘는다고. 정말 어떤 작자가 친 구라인지 세다, 세!"

"구라 아니래요. 언니! 채나 언니 목소리가 일본 사람들이 가장 좋아하는 보이스 컬러래요. 게다가 지구 최고의 총잡이라는 스펙에 채나 언니 특유의 미소년 같은 매력 때문에 일본 여자들이 난리래요, 난리!"

"우히히히히!"

연필신이 이제 완전히 기분이 풀린 듯 특유의 웃음을 길게 터뜨렸다.

"자식이 진짜 외계인은 외계인이야. 꼭 일이 벌어져도 황당한 일만 벌어진다니까! 채나는 누가 미소년 같다고 수군거리기만 해도 도끼 들고 쫓아가는데 이웃 나라에서는 그게 매력이라고 떼돈을 싸들고 쫓아오니 참나!"

두두두!

연필신이 본격적인 수다를 떨려고 입술을 탁탁 털며 워밍업을 할 때 쥐고 있던 휴대폰이 말매미처럼 울어댔다.

"어후후, 이 웬수들! 또 문자질이야? 채나는……."

우거지 인상을 쓰며 휴대폰을 쳐다보던 연필신의 얼굴이 돌연 다리미로 다린 것처럼 곱게 펴지기 시작하더니 종내는 환한 보름달로 바뀌었다.

─DEAR MY FRIEND PIL SIN!

그동안 몸종 노릇 하느라고 고생했어.

너 좋아하는 매운탕 끓여놨다.

송별식 해야지.

〈채나원〉으로 와.

P.S 퇴직금 정산해서 부쳤어. 확인해 봐.

"이히히히! 기특한 쫘식! 매니저 노릇 좀 해줬다고 퇴직금을 다 주네."

연필신이 휴대폰 화면에 떠 있는 메시지를 읽으며 환하게 웃었다. 동시에 연필신의 두 엄지가 눈부신 속도로 휴대폰 자판을 때렸다.

─오전 열 시 현재 US달러 100만 달러가 입금되었습니다.

"배배배백만 달러? 얘가 미쳤나 봐?!"

연필신이 휴대폰에서 나오는 은행 직원의 안내 멘트에 너무 놀라 말까지 더듬으며 황급히 채나의 휴대폰 번호를 누르기 시작했다.

"……!"

그러나 곧바로 멈췄다.

채나는 미국에서 태어나 미국에서 자랐다.

한국인 특유의 사양과 겸양의 습성을 잘 모른다.

지금 내가 채나에게 전화해 퇴직금이 너무 많으니 어쩌니 하면 녀석은 조용히 듣고 있다가 주저없이 입금했던 100만 달러를 1센트도 남기지 않고 빼 갈 것이다.

뭐 돈이야 원래 내 돈이 아니니까 상관없지만 이 까칠쟁이 채나는 자신이 어떤 호의를 베풀었을 때 상대가 의례적으로 사양을 하면 자신을 무시하는 것으로 간주했다.

그리고 아주 불쾌해했다.

'그러니 일단 받아놔야 돼. 감사의 메시지도 보내주고!'

존경하는 김 회장님!

퇴직금은 아주 잘 받았사옵니다. 정말 황공합니다.

미화 100만 달러?

갑자기 미국 대통령이 된 기분이옵니다.

언젠가 기회가 되면 다시 한 번 매니저로 고용해 주소서!

성은이 망극하나이다.

소인 즉시 〈채나원〉으로 달려가겠사옵니다.

—당신의 영원한 몸종 필신 배(拜)

신기하게도 이렇게 메시지를 보내주면 채나는 깔깔대며 무지 좋아한다.

아주 독특한 취향이다.

취향은 취향인데… 나, 나, 난 왜 이렇게 기분이 좋지?

나 오 분 전까지 꿀꿀했던 그 연필신이 맞아?!

이상한데? 왜 갑자기 천사가 되어 하늘을 날지?

이건 또 뭐야? 어깨에 힘이 팍팍 들어가잖아?

목도 엄청 뻣뻣해지구!

고작 US달러 100만에 고품격 개그우먼 연필신이 맛이 간 거야? 그런 거야?

맛이 갈 만도 하지, 맹추야!

미화 100만 달러면 간단히 계산해도 11억에서 12억 원이잖아!

오오오! 장하다, 연필신!

드디어 개그우먼질 육 년 만에 대한민국 중산층 대열에 합류했구나.

현금 10억 대 이상을 보유한 중산층!

아, 아니지, 이 사람아! 아무리 중산층이 됐다고 해도 표정 관리는 해야지.

하나에 표정! 둘에 관리!

표정 관리! 표정 관리!

지금 채나가 보낸 100만 달러는 EMA 회사와 음반계약을 맺은 기념으로 친구인 내게 주는 채나식 통 큰 선물이다.

내가 받지 않을까 봐 이렇게 퇴직금이란 명분으로 보내준 것이다.

꼬… 옥 그렇지도 않아, 채나야!

네 친구 연필신이 선생님 출신이라고 해서 엄청난 청백리는 아니야.

선물 뇌물 촌지 금일봉 등을 꽤 좋아하거든.

게다가 이런 현찰?

특히 US 달러는 너무너무 사랑한단다!

"갑숙아. 오늘 환율이 어떻게 돼? 미화 1달러에 얼마지?"

"네에?!"

십 분 전까지만 해도 공동묘지에서 막 뛰쳐나온 처녀 귀신 같은 얼굴을 하고 있던 연필신이 느닷없이 저쪽 변두리 하늘 나라쯤에서 날아온 천사 같은 표정으로 생뚱맞은 질문을 던지자 이갑숙이 당황했다.

"히히히! 개그였어."

"어휴! 언니도 참……."

꼬르륵! 이갑숙의 배꼽시계가 점심시간을 알렸다.

"갑숙이 배고프구나. 가자! 언니가 밥 사줄게."

"헤에… 고마워요 언니!"

"이건 이따가 저녁 먹고 집에 갈 때 차비 해."

연필신이 조용히 십만 원짜리 수표 한 장을 이갑숙의 주머니에 찔러줬다.

"피, 필신 언니!"

이갑숙이 당혹해하며 연필신을 쳐다봤다.

"신경 쓰지 말구 오빠들한테 전통이나 때려. 사내 식당으로 오라 해!"

"네에, 언니!"

이갑숙이 얼굴을 붉힌 채 얼른 휴대폰 번호를 눌렀다.

죽기 살기로 경쟁을 하는 연예계라고 해서 꼭 살벌한 것만은 아니었다.

또 돈이 차떼기로 돌아다니는 연예계라고 해서 모두 부자는 아니었다.

먹고살 만한 연예인이 10%, 나머지 90%는 부업을 하거나 전직을 고민했다.

〈개판〉에서 겨우 한 코너를 맡고 있는 신인 개그우먼 이갑숙도 어쩔 수 없이 부모에게 차비와 밥값 신세를 질 수밖에 없었다.

오늘처럼 잘나가는 선배가 용돈이라도 주면 그것으로 며

칠은 풍족한 것이다.

*　　　　*　　　　*

"확실히 요즘 연필신이가 우리나라 정상급 개그우먼이 된 게 틀림없어."

"맞아! 그 지독한 짠신이가 툭하면 밥을 사고 말이야."

스포츠광인 개그맨 반영구와 신묵이 스포츠 신문을 한 아름 든 채 두리번거렸다.

그러곤 아까 이갑숙에게 연필신을 따라가라고 했던 나근석과 함께 연필신이 앉아 있는 사내 식당의 식탁 앞으로 다가오며 흐뭇한 표정으로 말했다.

"히히! 채나가 퇴직금을 쏴줬거든."

연필신이 웃으면서 말을 받았다.

"피휴휴! 내 친구 신묵아 넌 뭐하냐? 필신이 친구는 매니저 며칠 봐줬다고 퇴직금까지 쏴줬대잖아? 그것도 US 달러로!"

"미친 쐐꺄! 네 친구 신묵이는 월세 20만 원짜리 옥탑방에 살아. 필신이 친구 김채나는 노래 한 곡을 부르면 1억을 받고!"

"으으… 진짜 싫다, 싫어! 이 자본주의의 최전방 연예인 세계!"

신묵과 반영구 등이 연필신과 마주 앉으며 너스레를 떨었다.

이들은 KBC 개그맨실에서 연필신과 가장 가까운 소위 연필신 파였다.

"이히히히! 뭐 먹을 거야, 오빠들? 빨리 주문해."

"오냐! 제발 지금처럼 웃으라고 주문하고 싶다. 임마!"

"영구 말에 전적으로 동의함."

반영구와 신묵이 연필신을 쥐어박았다.

"왜, 왜 그래? 내가 뭐 잘못했어?"

"이 스키야! 엊그제 채나가 〈우스타〉에서 자진하차한다고 했을 때부터 바로 삼십 분 전까지만 해도 네 얼굴이 얼마나 살벌했는지 알아?"

"……!"

"너 때문에 우리 개그맨실 분위기가 완전 개판이야. 이렇게 평소 연필신이처럼 웃으면 좀 좋냐?"

"김채나가 슈퍼스타는 슈퍼스탄가 봐. 〈우스타〉에서 자진하차한 후유증이 우리 KBC 개그맨실까지 미치니 말야."

"죄송합니다. 앞으로 조심하겠습니다. 빠돌이님들!"

"오냐! 지금 밥 사는 돈을 보석금으로 대치하고 이 시간부로 KBC 개그맨실 6호 죄수 연필신을 석방한다!"

탕탕!

연필신이 고개를 숙여 사과를 하자 신묵이 웃으면서 흡사 판사처럼 외치며 테이블을 두드리고 사과를 받아들였다.

6호 죄수란 연필신이 개그우먼 육 년 차라는 뜻이었다.

신묵과 반영구는 벌써 오 년이 넘도록 연필신과 개그맨 활동을 같이했고 연필신파라는 말을 들을 만큼 개그맨 중에서도 특별히 가까웠다.

덕분에 연필신이 한 번 폭발하면 KBC 사장 뺨도 날리는 성품이라는 것을 익히 알고 있었다. 연필신이 채나 때문에 날카로워지자 선배들답게 조용히 지켜보면서 풀릴 때까지 기다려 줬던 것이다.

연필신도 그걸 눈치 못 챌 리는 없다.

"그런 의미에서… 갑숙아! 가서 도가니 다섯 개만 뽑아와. 인삼 왕창 넣은 놈으로!"

"필신아, 뭐해? 어서 돈 줘!"

"오, 오빠들 오바하지 마! 무슨 사내 식당에서 도가니탕을 먹어?"

반영구와 신묵이 거침없이 눈탱이를 치자 연필신이 울상을 지었다.

"갑숙이 뻘쭘해진다. 빨리 돈 줘, 임마!"

"너 갤러리 백화점 행사에 가서 3백 받은 거 강호에 소문 짜해."

"허걱— 필신 언니 행사비를 3, 300만 원씩이나 받아요!?"

이갑숙이 비명을 터뜨리며 주저앉았다.

이갑숙이 알기로 우리나라 개그맨 중에 행사비를 300만 원 이상 받는 사람은 열 명이 채 되지 않았다. 바꿔 말하면 행사비가 300만 원이라는 뜻은 대한민국의 정상급 개그맨이라는 의미였다.

"씩이라니? 갑숙이 너 지금 우리나라 정상급 개그우먼에게 큰 실수하는 거야?"

"그러어엄! 겨우 300만 원 받으세요, 하고 물어봐야지? 자식아!"

반영구와 신묵이 막강한 연필신의 신위를 몰라보는 이갑숙을 매우 쳤다.

"그, 그게 아니고 갑숙아! 채나랑 같이 갔거든. 채나 체면 때문에 나를 그렇게 대우해 준 거야!"

연필신이 지갑에서 만 원짜리 석 장을 꺼내주며 변명 아닌 변명을 했다.

이갑숙이 존경 어린 눈빛으로 연필신을 다시 한 번 쳐다본 후 몸을 돌렸다.

'하여튼 귀신들이야. 완전 갤러리 백화점 사장님처럼 말한다니까!'

연필신이 쥐 눈을 황소 눈이 될 만큼 크게 뜨며 반영구와 신묵을 흘겨봤다.

"어험! 각설하구⋯ 필신아! 너 대전 엑스포 축제에 간다고 했지?"

반영구가 노련한 수사관처럼 연필신을 어르고 뺨치며 말을 이어갔다.

"응! 대전 시장님이 사격협회 회장님과 함께 동대문 채나 집까지 오셨더라고. 그 자리에서 채나가 나를 패키지로 묶었고. 히히히!"

연필신이 아직도 한쪽 뇌리를 강력하게 울리는, 채나가 쏴준 미화 100만 달러의 여진 때문에 자신도 모르게 삐져나오는 웃음을 억지로 추스르며 대답했다.

"반성하는 뜻에서 거기 근석이 형 좀 모시고 가!"

"형 동네라서 엄청 가고 싶댄다. 부모님이나 고향 사람들 보는 쪽도 있고 말야."

"아, 맞다! 근석이 오빠 한밭 고등학교 출신이었지. 대전이 고향이구?"

연필신이 뒤늦게 생각이 난 듯 눈을 반짝이며 나근석을 쳐다봤다.

"응! 솔직히 대전 엑스포 무대에 서고 싶어. 고향 친구들한테 폼도 잡고 싶구. 그래도 부담되면 말하지 마, 필신아. 지금 네 기분 꿀꿀한 거 잘 알아!"

개그맨 나근석은 사람이 너무 착해서 별명이 나순석이었다.

일류 개그맨은 아니었지만 제법 인지도가 있는 중견 개그맨이었다.

연필신도 신인시절 나근석에게 밥깨나 얻어먹었다.

어느덧 세월이 흘러 연필신이 밥값을 갚아야 할 때가 왔다.

"오빠? 진작 얘기하지 그랬어. 그럼 채나가 간단히 해결해 줬을 텐데!"

"미, 미안하다. 좀 그래서 자꾸만 미루다…….."

"니가 진짜 구로동 껵다리 아줌마처럼 살벌하게 해서 돌아다니는데 얼굴이 셀로판지처럼 얇은 형이 어떻게 얘길 해, 임마?"

"내 끗발로 될까? 나도 채나 업둥이잖아, 영구 오빠?"

연필신이 툴툴거리는 신묵을 무시하고 반영구에게 물었다.

"채나 확실히 가는 거지?"

반영구가 연필신에게 되물었다.

KBC 개그맨실에서 가장 잘나가는 사람은 연필신이었지만 가장 특이한 사람은 반영구였다.

중앙대학교 연극영화과 출신인 반영구는 KBC 개그맨실의 점쟁이로 통했다.

신기하게도 개그 아이디어를 뽑는 데는 취약했지만 지금처럼 어떤 행사나 프로그램에 대해서 의논을 하면 그 행사를 주관하는 담당자나 PD보다 더 정확하게 대답을 해줬다.

"물론이지. 사격협회장님이 공중까지 섰다니까!"

"그럼 두 명까지 가능해. 아니, 세 명까지도 되겠다."

KBC 개그맨실 공인 점쟁이가 사람 숫자까지 못을 박았다.

"정말? 행사가 내일 모렌데?"

"청와대까지 초토화한 김채나다. 지금 채나 파워면 우리나라에서 진행되는 어떤 행사, 당장 리허설 중인 행사라 해도 연예인 출연진들을 몽땅 바꿀 수 있어!"

"쭈아! 천기를 읽는 영구 오빠 말을 믿고 전화를 해보자고. 대전시장님 비서실장이 무슨 일이 있으면 꼭 전화하라고 신신당부하셨거든."

연필신이 잽싸게 휴대폰을 뒤졌다.

"아, 네, 실장님! 저 연필신이에요. 히히! 고품격 개그우먼! 안녕하셨어요? 물론이죠. 채나랑 저는 지구가 깨져도 대전에 가요. 제가 부탁드릴 일이 좀 있어서요. 개그맨 동료들 중에 고향이 대전인… 그 사람들에게 1부 행사 사회를 맡기시면 어떨까 해서요? 저보다 훨 나아요. 네네! 고맙습니다."

연필신이 믿기지 않는 듯 입을 헤벌린 채 반영구를 쳐다보며 휴대폰을 끊었다.

툭―

반명구가 의기양양한 표정으로 나근석의 가슴을 가볍게 쳤다.

"진짜 자리 펴야겠다, 영구 오빠! 오빠 말대로 너무 쉽게 내 말을 들어주시네?"

"흐흐흐, 자식! 내가 어디 이 장사 한두 번 해보냐? 대한민국 행사 섭외 영순위 김채나의 위력이다. 몸값이 1억 불이니 1조 원이니 하는 가수 말이 장난인 줄 알아?"

"보나마나 시장님이 채나가 부탁하는 것은 뭐든지 다 들어 주라고 엄명을 내렸을 거야. 비서실장이야 명령대로 하는 수밖에 없고!"

반영구가 삼국지에 나오는 조조처럼 웃었고 신묵이 제갈량처럼 결론을 내렸다.

"내가 채나는 아니잖아?"

연필신이 갸우뚱했다.

"바보야. 넌 〈우스타〉에서 전 국민에게 공인받은 채나 매니저야. 네 말은 곧 채나 뜻이지. 그러니까 니가 전화를 하자마자 채나 안부부터 묻는 거고!"

"일이 그렇게 된 거구나……. 아휴! 우리 귀여운 돼지."

연필신이 몹시 기분이 좋은 듯 몸을 흔들었다.

"고마워, 필신아!"

"히히! 금방 영구 오빠가 말했잖아? 내 말은 곧 채나 말이래. 채나가 도와준 거니까 대전 갔을 때 채나한테 밥 사줘!"

"그, 그래! 대전은 내가 빠삭하다. 맛있는 밥집 백 개는 알아."

나근석이 흥분한 얼굴로 힘차게 고개를 주억거렸다.

"근데 필신 언니! 근석이 오빠하고 누가 더블 MC를 보나요? 아까 언니 말투가……."

이갑숙이 도가니탕이 담긴 뚝배기를 식탁에 내려놓으며 몹시 궁금한 듯 눈을 껌벅거리며 물었다.

"갑숙이 너!"

"저, 저, 저요?!"

연필신이 기다렸다는 듯 대답하자 이갑숙이 당혹해하며 손가락으로 자신의 가슴을 가리킨 채 말을 더듬었다.

"응! 이럴 때 경험 많은 근석이 오빠랑 외부 행사 무대에 올라가 봐. 그래야 다음에 당황하지 않지."

"으왕— 고마워요. 언니!"

이갑숙이 감격에 겨워 연필신을 와락 껴안았다.

이갑숙은 올해 개그계에 입문한 신인으로 한 번도 외부 행사에 초대받은 적이 없었다.

연필신도 신인 때 선배인 신묵의 보조로 겨우 외부 행사 무대에 올라갈 수 있었다.

그 연필신이 이제 막강한 실력자가 된 만큼 후배인 이갑숙을 키워줘야 한다.

바로 이것이 코미디언이나 개그맨들 같은 희극인들의 세계였다.

같은 연예인이면서도 배우나 가수들보다 훨씬 선후배 간의 서열이 엄격했고 동료끼리 결속력이 강했다.

특히 잘나가는 사람은 자신보다 못한 선후배들을 무조건 도와줘야 한다는 불문율 아닌 불문율이 존재했다.

"묵아! 오늘이 며칠인지 꼭 외워라. 이렇게 일이 잘 풀리는 날도 일 년에 몇 번 없다."

"그럼! 이렇게 맛있는 도가니탕을 먹는 날도 몇 번 없고!"

"간만에 내 돈 주고 도가니탕을 먹으려니까 내 도가니가 깨진다, 깨져. 으으……."

"하하하! 큭큭큭!"

연필신이 반영구 등과 같이 도가니탕을 먹으며 투덜댔다.

도가니탕은 소 무릎 뼈를 고아서 만든 일종의 보양식이다.

이 KBC 사내 식당에서 가장 비싼 음식이었다.

연필신은 채나의 매니저로 〈우스타〉에 출연할 때부터 오늘 아침까지 자기 돈을 내고 밥을 사 먹은 적이 없었다.

채나와 함께 어느 프로에 출연하든 어느 행사에 가든 주최 측에서 최고급 음식을 대접했다.

심지어 연필신이 혼자 진행하는 프로에 나가도 방송이 끝나기 무섭게 기다리고 있던 방송사나 행사 관계자들이 무조건 연필신을 데리고 최고급 음식점으로 갔다.

연필신을 통해 채나를 섭외하기 위해서였다.

어느 날인가는 채나와 함께 아침부터 저녁까지 암소 갈빗집만 무려 아홉 번을 들락거린 적도 있었다.

그날 연필신은 입에서 음메 하는 소 울음소리가 튀어나왔고 채나가 처음으로 배고프다는 소리를 하지 않았다.

그렇게 몇 개월을 살다가 갑자기 자기 돈을 내고 맛도 없는 사내 식당 음식을 사 먹으려니 도가니가 깨졌던 것이다.

그 연필신의 호화찬란한 생활을 너무나 잘 아는 반영구 등
이 마구 웃어댔고!

"도가니탕도 다 먹었으니 이 문제에 대해서 논평을 좀 해
봐라. 필신아!"

신묵이 어깨를 으쓱하며 스포츠 신문 한 장을 연필신에게
밀어 놨다.

"윽!"

일순, 식탁 위에 펼쳐진 스포츠 신문을 쳐다보던 연필신의
좁쌀만 한 눈이 강낭콩만큼 커졌다.

대하드라마 〈블랙엔젤〉!
한국 드라마 사상 최강의 드림팀!
감독에 DBS 탁병무 국장.
남자 주연에 준사마 여자 주연에 빅마마.
남자 조연에 지상욱 여자 조연에 김채나…….

"이, 이게 뭐야? 언제 채나가 〈블랙엔젤〉에 캐스팅됐지?"

연필신이 황급히 스포츠 신문을 집어 들었다.

"흠! 역시 민영방송 DBS는 무서워. 김채나의 껌딱지 연필
신이가 눈치 못 챌 정도로 비밀리에 작전을 펼치니 말야!"

"필신아! UCLA 연극영화과 나왔지, 채나?"

"응! 걔 거기서 최우수 장학생이었어."

"크흐흐흐! 정말 김채나, 깬다, 깨! 그러니까 이제 가요계는 대충 정리됐으니까 드라마계를 싹쓸이하러 나선 거냐?"

"진짜진짜 난 몰랐어, 오빠들!"

"하긴, 넌 얘기해 줘도 몰랐을 거다. 고정만 네 개 뛰고 게스트로 열 군데가 넘게 출연하고 전국 각지에 행사까지 가야 하는데 뭔 정신으로 그걸 기억해?"

"푸히히히! 그건 그래. 요샌 별 보고 나와서 별 보고 들어가니까 내 정신이 아냐."

연필신이 신문을 던지며 쓴웃음을 지었다.

"우리나라 정상급 개그우먼이니까 그 정도는 각오하셔야지?"

"우리나라 정상급 개그우먼은 신문도 하나만 보면 안 돼. 뒤에 〈매일 스포츠〉도 보라고!"

반영구와 신묵이 미소를 띠며 의미심장한 말을 던졌다.

"매일 스포츠?"

연필신이 다시 신문 한 장을 집어 들었다.

—이색적인 것은 세계적인 가수 김채나 씨가 여자 조연 S1에 전격적으로 발탁됐다는 것이다. 가수 김채나 씨는…(중략)…….

〈블랙엔젤〉 제작발표회는 다음 주 일요일 오후 5시 서울 코리아 호텔 무궁화 홀에서 우리나라 정상급 개그우먼인 연필신 씨 사회로…(하략)…….

"......!"

신문을 읽어가던 연필신이 믿기지 않는 듯 눈을 껌뻑거렸다.

"야! 의리가 개판인 우리나라 정상급 개그우먼……."

신묵이 인상을 쓰며 뭔가 말하려 할 때 연필신이 두 손을 번쩍 들며 말을 끊었다.

"오해하지 마! 오빠들! 정말이야, 맹세할게! 나 이거 오늘 처음 여기서 이 신문 보고 알았어."

연필신이 흥분한 듯 얼굴이 벌게진 채 신문을 가리키며 말을 더듬었다.

"내가 이렇게 괜찮은 행사의 사회를 보는데 세계만방에 자랑을 해도 부족할 판에 왜 숨겨? 왜? 게다가 난 채나 문제 때문에 이런 행사는 신경 쓸 겨를도 없었다고."

연필신이 씩씩대며 마구 소리를 질렀다.

"믿어주자, 묵아! 쟤 방금 전까지 좀비 상태였잖아?"

"하긴 연필신이 그 정도로 연기를 잘하는 개그우먼은 아니지!"

반영구와 신묵이 반신반의하는 얼굴로 연필신을 훑어보며 말했다.

"필신이 언니가 〈블랙엔젤〉 제작 발표회 사회 보는 거예요? 진짜루요?"

이갑숙이 눈치없이 끼어들었다.

"그렇다고 여기 신문에 났구나. 을숙이 언니, 갑숙아!"

"넌 한글도 모르냐? 여기 우리나라 정상급 개그우먼 연필신이… 라고 쓰여 있잖아?"

반영구와 신묵의 목소리가 있는 대로 째졌다.

작년만 해도 자신들보다 한참 인지도가 떨어지는 그저 그런 개그우먼이었던 연필신이 이제는 국내 정상급이니 하는 수식어가 붙으면서 화제의 행사에 사회를 맡는다는 것이 괜히 배가 아팠던 것이다.

"화아아아! 역시 우리 필신 언니. 〈블랙엔젤〉 제작발표회에 초청을 받아 사회까지 봐? 연필신— 대박 쩐다!"

이갑숙이 연필신을 껴안으며 호들갑을 떨었다.

"어쨌든 축하해, 필신아! 〈블랙엔젤〉 제작발표회 같은 행사는 아무나 사회를 보는 거 아냐. 신문에 난 것처럼 우리나라 정상급 개그우먼쯤 돼야 할 수 있는 거야."

"고, 고마워. 근석 오빠!"

"그래그래! 이 영구 오빠도 배는 무지 아프지만 축하는 한다. 자! 그럼 이제부터 고대 나온 여자와 중대 나온 남자가 머리를 맞대고 추리를 해보자. 누가 너도 모르게 이런 엄청난 자리에 너를 박았을까? 물론 니가 얼마 전부터 우리나라 정상급 개그우먼이 된 건 인정하지만 말야."

"누구긴 누구야, 필썬이 껌딱지 김채나지! 방금 봤잖아. 김채나 파워가 어느 정도인지? 바야흐로 오늘날 대한민국 연예계는 김채나를 중심으로 돌아가고 있어!"

서울예대를 나온 신묵이 단정했다.

"그건 아닐 거야. 채나는 지금 〈우스타〉 때문에 열 받아서 파주에 내려갔거든!"

고대 나온 여자가 반대 논리를 폈다.

"오잉?!"

반영구와 신묵이 움찔했다.

"그럼 연필신이에게 또 다른 빽그라운드! 김채나만큼이나 막강한 파워를 지닌 어마어마한 인물이 있다는 건데?"

"누굴까? 진짜 궁금하네. 기억나는 사람 없냐, 필신아?"

"이히히히! 내 빽은 채나가 시작이자 끝이야. 연예계 쪽 인연은 충북 영동에서 이장을 맡고 계신 울 아빠가 KBC 노래자랑에 한 번 나왔던 게 다구."

"결국… 연필신이가 전생에 지구를 구했구나!"

"오키! 그렇지 않으면 어떻게 자기도 모르게 〈블랙엔젤〉 제작발표회 사회자가 돼 있어? 이런 자리는 행사 주최 측과 가깝지 않으면 불가능하다고."

"에효효효! 누구지?"

궁금한 것은 일 초도 못 참는 연필신이 주근깨를 반짝이며 연신 한숨을 내쉬었다.

바로 이 초 뒤에 그 궁금증이 풀렸다.

"필신 씨, 면회!"

그때, 〈개판〉의 차정태 PD가 사내 식당 입구에서 소리쳤다.

"면회요?"

연필신이 얼떨떨한 표정으로 일어섰다.

"누가 면회를 왔는데 차 PD님이 직접 식당까지 오셨대?"

연필신이 고개를 갸우뚱하며 재빨리 사내 식당 출입구 쪽으로 걸어 나갔다.

"천천히 얘기 나눠! 〈개판〉 녹화 다 끝났어."

"고마워요, 선배님!"

"인사 따윈 치우고 제발 나 좀 살려주라, 지은아! 요즘 시청률 떨어져서 완전 개박살 나고 있어."

"후… 그럴게요."

"나 농담하는 거 아냐, 박지은! 정말 심각해."

"저도 농담 아니에요, 선배님."

"OK! 약속했다? 조만간에 전화할 테니 꼭 받아!"

"네! 선배님."

'박지은?

연필신이 차 PD가 박지은이라는 여자와 얘기하는 소리를 들으며 고개를 갸우뚱했다. 차 PD가 여자와 얘기하는 것이 이상한 것이 아니라 애원하는 듯한 차 PD의 말투가 이상했던 것이다.

차정태 PD는 서울대학교 출신으로 KBC에서 제법 잘나가는 PD였다.

지금처럼 여자 연예인에게 매달릴 군번이 아니었다.

또박또박!

그때, 청바지에 노란 티셔츠를 걸치고 하얀 운동화를 신은 박지은이 연필신 쪽으로 다가왔다.

…….

갑자기 시끌시끌하던 KBC 사내 식당이 냉수를 뿌린 듯 조용해졌다.

—화아! 예쁘다 완전 짱이야!

—진짜 아름다워!

반영구등과 KBC 직원들이 일제히 박지은을 쳐다봤다.

"힉— 국민배우 빅마마야!"

"박지은이다. 박지은! 박지은!"

다시 KBC 사내 식당이 소란해졌다.

박지은은 그런 여자였다.

방송사 직원들이나 연예인들조차 감탄을 금치 못하게 하는 미모의 배우!

이날, 연필신은 박지은을 만나고 나서야 처음으로 품위니, 기품이니 하는 말뜻을 정확히 이해하게 됐다.

국민배우 박지은은 아주 평범한 차림이었는데도 너무나

아름다웠다.

얼마나 기품이 있는지 몸 전체에서 일곱 색깔 무지개가 피어나는 듯했다.

"채나, 어디 있니? 필신아!"

─채나, 어디 있니? 필신아!

완벽한 반말이었다.

아주 오래전부터 알고 지낸 동생에게 쓰는 말이었다.

연필신은 생전처음 만나는 사람에게 반말을 들었는데도 이렇게 기분이 좋을 수 있다는 사실을 그제야 알았다.

"집에 있어요. 언니!"

"집에? 동대문에 없던데?"

"아, 거기 아니고요! 파주요, 시골집."

"아, 파주에 내려갔구나. 근데 왜 전화를 안 받지?"

"전화를 안 받아요?! 그럴 리가 없는데?"

연필신이 자신의 휴대폰에서 아까 채나에게서 왔던 100만 달러짜리 문자를 찾아내 번호를 확인했다.

'윽! 사계절 슈퍼 길 사장 전화다. 이 돼지가 또 휴대폰을 잃어버렸어!'

사계절 슈퍼 길 사장은 파주 〈채나원〉 앞에서 가게를 운영하며 〈채나원〉을 관리해 주는 사람이다.

채나의 휴대폰 잃어버리기는 미국에서부터 시작된 유구한 역사와 전통을 자랑하는 특기 중 특기였다.

연필신이 채나 매니저로 활동하면서 사준 휴대폰만 해도 열 개가 넘었다.

"아무래도 채나가 휴대폰을 분실한 모양이네요. 언니!"

"그래? 나와. 파주 가자!"

"네! 언니."

또박.

박지은이 연필신과 짧은 대화를 마치고 돌아섰다.

"……?"

문득 연필신이 박지은의 뒷모습을 쳐다봤다.

뭔가 이상했다.

TV와 영화 속에서는 지겹도록 많이 봤지만 이렇게 박지은을 대면한 것은 난생처음이었다.

근데 아주 오랫동안 그것도 굉장히 가깝게 지낸 사이처럼 허물없이 대화를 나누었다.

무서운 마력이었다.

빅마마는 꼬리가 아홉 개 달린 여우처럼 사람을 간단히 홀렸다.

아마 누군가 제삼자가 봤다면 박지은이 채나의 친언니고 친구인 연필신에게 동생을 찾으러 온 것으로 착각하기 십상이었다.

'누군가 제삼자?'

연필신이 고개를 홱 돌렸다.

반영구와 신묵이 연필신을 잡아먹을 듯 째려보고 있었다.

이제야 범인을 잡았다.

연필신을 〈블랙엔젤〉 제작 발표회 사회자로 만든 범인!

빅마마 박지은이라면 연필신 아니라 올해 데뷔한 이갑숙이라도 충분히 그 자리에 심을 수 있었을 것이다.

〈블랙엔젤〉의 메인 투자사인 ㈜P&P의 이사였으니까!

괘씸한 것은 저 구로동 껑다리 아줌마였다.

아카데미 주연상에 노미네이트될 만큼 훌륭한 연기를 해서 깜빡 속았다.

'뭐, KBC 노래자랑이 어쩌고 어째?'

"나도 뭐가 뭔지 모르겠어. 오빠들! 이따 전화할게."

연필신이 반영구와 신묵에게 소리치며 몸을 돌렸다.

"으아아아! 필신이가 빅마마 하고도 트고 지내는 사이였어?!"

"좌청룡! 우백호! 좌채나! 우지은!"

"캬, 부럽다, 부러워! 난 언제 필신이처럼 우리나라 정상급 개그맨이 돼서 빅마마나 김채나 같은 세계정상급 연예인들하고 어울려 보냐?'

KBC 사내 식당에서 연필신을 찬양하는 반영구와 신묵의 간증이 쏟아졌다.

"21세기가 끝날 때쯤이면 가능할거야. 히히히!"

콕콕콕!

연필신이 비웃듯 중얼거리며 빠르게 휴대폰 번호를 눌렀다.

　역시 채나 휴대폰은 먹통이었다.

7장

지구 최고의 총잡이

왜애애앵!

자동차 바퀴가 모래톱에 빠져 공회전을 했다.

"하나, 둘, 셋!"

빅마마 박지은과 매니저인 노민지가 자동차 뒤에서 범퍼를 잡고 힘껏 차를 밀었다.

부우우우웅—!

자동차가 시커먼 연기를 뿜으며 간신히 모래톱에서 빠져나왔다.

콜록콜록!

박지은이 기침을 하며 손사래를 쳤다.

"히히! 미안해요 언니들. 어서 타세요!"

연필신이 자동차 운전석에 앉아서 차창 밖으로 머리를 내놓은 채 박지은과 노민지를 불렀다.

"난 지금까지 사람이 자동차를 타는 줄 알았어. 근데 오늘 보니까 자동차가 사람을 탈 때도 있네."

"호호호! 정말 그러네요. 이사님."

박지은이 어이없는 표정으로 연필신의 차를 쳐다보며 말하자 매니저인 노민지가 박지은의 옷을 털어주며 말을 받았다.

"통통아! 영광인 줄 알아. 국민배우 마마 언니가 네 엉덩이를 붙잡고 밀었어, 히히!"

실은, 연필신은 이미 오래전에 박지은을 만난 적이 있다.

초등학교 삼학년 겨울방학 때 엄마 아빠와 함께 온 식구들이 대전의 한 극장으로 영화 구경을 갔었고 그 극장 앞 포스터에서 박지은을 처음 봤다.

"흥! 말도 안 돼. 세상에 저렇게 예쁜 여자가 어디 있어?"

연필신이 처음 박지은의 포스터를 보고 뱉은 말이었다.

극장에 들어갈 때 십 센티쯤 튀어나왔던 연필신의 입은 극장에서 나올 때는 삼십 센티쯤으로 부풀어 있었다.

영화에서 본 박지은은 극장에 붙어 있는 포스터보다 훨씬 더 예뻤기 때문이다.

그때부터 박지은은 산골 소녀 연필신의 우상이 됐다.

그리고 연필신은 십오륙 년이 흐른 뒤에 다시 그 우상을 만났다.

믿을 수 없게도…….

오늘은 그 우상이 극장 앞 포스터나 영화 속이 아니라 자신의 승용차 뒷좌석에 앉아 있었다.

좌채나 우지은은 결코 꿈이 아니었다.

"필신 씨, 요즘 잘나가잖아? 차 좀 바꿔!"

노민지가 조수석에 올라타며 한마디 했다

"히잉……. 언니는. 이 통통이는 공장에서 나온 지 한 달도 채 안 된 새 차예요!"

"무슨 소리야? 한 달도 안 된 자동차가 이렇게 후져?"

연필신이 액셀을 밟으며 우는 소리를 하자 노민지가 깜짝 놀라며 되물었다.

"아후훙! 무슨 말씀을 그렇게 흉악하게 하세요? 수천 번 고민하다 채나한테 돈까지 꿔서 간신히 산 최고급 승용차 타이거 3500이라고요!"

"그, 그래? 그럼 혹시 차 잘못 산 거 아냐? 차가 완전 빌빌이잖아."

"에궁! 여기 또 너를 무시하는 채나 같은 사람이 계시구나. 네가 이해해라, 통통아! 자동차를 모르면 다 그런 거야."

노민지의 구박에 연필신이 은회색 승용차를 달래듯 톡톡 쳤다.

"내가 자동차를 몰라서 그런다고?"

노민지가 눈을 껌벅거렸다.

"마마 언니 뭐하세요? 어서 설명 좀 해주세요. 육천만 원짜리 최고급 승용차 통통이가 거시기 차 취급을 받고 있잖아요?"

연필신이 백미러로 박지은을 쳐다보며 울먹였다.

"후후! 이런 자갈길에서는 두 바퀴로 힘을 받아 달리는 차는 최고급 승용차라도 어쩔 수 없어. 네 바퀴가 따로 힘을 받는 4WD 사륜구동형, 지프나 트럭 SUV 같은 차를 타야 돼."

"그, 그게 그런 거예요?"

박지은이 2WD와 4WD 승용차에 대하여 간단하게 설명하자 노민지가 뻘쭘해졌다.

"괜히 마마 언니한테 우리 통통이가 자랑 좀 하려고 데리고 나왔다가 망신만 당했네. 다음에는 민지 언니 차로 오자구요. 그땐 언니 차 대한민국 최고 왕 거시기 차 될 줄 알아요!"

"호호호!"

연필신의 다짐에 박지은과 노민지가 폭소를 터뜨렸다.

역시 고품격(?) 개그우먼 연필신이었다.

어느새 국민배우 박지은과 매니저인 노민지를 사로잡고 있었다.

우우우웅!

연필신의 차, 통통이가 거시기 차가 아니라는 듯 비포장도로를 포장도로처럼 달렸다.

"아무튼 영광이에요. 마마 언니랑 같이 이렇게 드라이브도 해보고!"

"앞으로 자주 볼 텐데 뭐. 채나 친구잖아?"

"히히! 그거야 그렇지만… 언니, 채나 안 지 오래되셨어요?"

궁금증을 일 초도 참지 못하는 연필신이 두 시간이 넘도록 같이 차를 타고 오면서 처음으로 질문을 던졌다.

그만큼 국민배우 박지은은 KBC 개그맨실에서 최고로 잘 나가는 구로동 꺽다리 아줌마에게도 부담스러운 존재였다.

대체 박지은이 누군가?

아역 시절부터 지금까지 연예인 경력만 이십 년이 넘는 대배우로 세계 오대 영화제에서 여우주연상을 휩쓸며 대한민국 국보급 연예인으로 추앙 받는 거물이었다.

언젠가 아시아 국가의 배우가 미국 할리우드에서 아카데미 주연상을 받을 수 있다면 그는 바로 한국의 박지은일 것이다.

국내외 영화 전문가들이 이렇게 단언하는 배우였다.

연필신 정도의 연예인은 감히 말조차 붙이기 힘든 그야말로 빅마마였다.

"칠팔 년 됐나? 미국 유학 갔을 때 〈채나교〉에 들어갔거든."

"아… 네!"

연필신이 고대 나온 여자답게 박지은이 세계적인 사격선수 채나 킴의 팬클럽 회원이라는 말을 금방 알아들었다.

"아무튼 고마워요 언니! 〈블랙엔젤〉 사회자로 추천해 주신 거!"

명석한 머리가 연필신의 최대 강점이었다.

박지은의 한마디에 모든 상황을 간단히 파악했다.

"〈블랙엔젤〉 제작 발표회 같은 행사에 사회를 맡으면 개그우먼 생활에 도움이 될 것 같아서 추천했어. 채나 친구니까!"

"정말 고맙습니다. 언니 덕분에 이 연필신이가 진짜 고품격 개그우먼이 됐네요."

"후훗. 그래."

박지은이 해맑게 웃으며 손을 흔들었다.

그 순간, 통통이의 백미러 속에서 해맑게 웃고 있는 박지은의 얼굴 위로 채나 얼굴이 오버랩됐다.

오늘에서야 연필신은 채나가 타이거 우즈와 함께 세계 스포츠계를 양분하고 있는 슈퍼스타라는 말을 실감했다.

천하의 빅마마가 방송사까지 나를 찾아왔다.

채나가 전화를 받지 않는다고 걱정이 돼서 하얗게 질린 얼굴로.

또 박지은은 연필신이 채나 친구여서 〈블랙엔젤〉 제작 발표회 사회자로 추천했다고 얘기했다.

바꿔 말하면 채나 친구가 아니었다면 추천하지 않았다는 뜻이었다.

결국 연필신을 〈블랙엔젤〉 제작 발표회의 사회자로 만든 것은 채나였다.

끼익!

연필신이 SUV승용차와 오토바이 한 대가 세워져 있는 자그마한 주차장에 통통이를 조심스럽게 세웠다.

"자아! 여러분의 목적지 〈채나원〉에 다 왔습니다. 하차 감사합니다. 내리실 문은 없습니다."

"호호호!"

연필신이 개그우먼답게 관광버스 기사 멘트를 흉내 내자 박지은과 노민지가 웃으면서 차에서 내렸다.

"헐! 채나 1, 2호가 여기 나란히 서 계신 걸 보니 우리 존경하는 김채나 회장님께서 〈채나원〉에 계신 게 확실하구만."

연필신이 자동차 키를 든 채 통통이 옆에 서 있는 1억 5천만 원을 먹은 자동차와 2억 원을 삼킨 오토바이를 살펴보며 중얼거렸다.

"채나 차야?"

"네! 여기가 채나 전용 주차장이거든요."

"오, 오토바이도 타, 채나 씨?"

"히히히! 거의 폭주족 보스예요. 지난번에 채나 꽁무니에 매달려 청평가도를 달렸는데 완전 맛이 갔다는 거 아닙니까? 으으으— 이 녀석!"

연필신이 몸을 부르르 떨며 채나의 오토바이를 쥐어박았다.

"선착장에 내려가 계세요. 언니들! 슈퍼에 가서 보트 키를 좀 가지고 올게요."

드르륵 텅!

연필신이 주차장 셔터를 내리며 말했다.

채나와 함께 수십 번 드나든 주차장이었지만 오늘 처음 셔터를 내렸다.

빚까지 얻어서 산 통통이가 휴식을 취하고 있었기 때문이다.

바아아아앙!

두 대의 늘씬한 모터보트가 새파란 강물 위를 총알처럼 달려갔다.

"후아아! 이런 데 모터보트 장이 다 있었네?"

"아후후— 가슴이 탁 트여요, 이사님!"

박지은과 노민지가 시원스럽게 뻗은 강줄기를 바라보며 탄성을 질렀다.

채나가 처음 미국에서 왔을 때 ㈜SIS 오 사장의 안내로 도착했던 〈채나원〉으로 가는 그 선착장.

채나가 헤엄을 쳐서 건넜던 그곳이었다.

여전히 〈사계절 슈퍼〉, 〈사계절 보트〉라는 두 개의 간판이 걸린 이 층 건물에는 생필품이 빼곡히 진열돼 있었고 슈퍼에서 이십 미터쯤 떨어진 선착장에는 십여 대의 모터보트가 나란히 정박해 있었다.

채나가 처음 왔을 때하고 달라진 것이 있다면 슈퍼 유리창에 〈길 매운탕〉이란 작은 간판이 걸려 있고 선착장 주위가 회색에서 초록색으로 바뀌어 있다는 것 정도였다.

"경치 끝내주죠. 마마 언니?"

큼직한 열쇠 꾸러미를 든 연필신이 십여 대의 모터보트가 정박해 있는 선착장에 서서 경치 구경에 여념이 없는 박지은과 노민지 쪽으로 다가왔다.

"정말 한 폭에 그림이야. 구경만 해도 머릿속이 맑아져!"

"여기 우리나라 맞아, 필신 씨?"

"히히! 채나한테 얘기해서 한 백 평쯤 퍼가세요. 이 슈퍼건물을 중심으로 반경 삼십 리가 모조리 채나 땅이거든요. 저 강만 국유지래요!"

예전에 오세영 사장이 채나에게 브리핑을 한 것처럼 이번에는 연필신이 박지은에게 손짓을 하며 설명했다.

"우리 교주, 엄청 부자였네? 동대문 건물도 꽤 크던데!"

"지금 채나 개런티가 얼만데요? 완전 신흥재벌이에요."

"후우! 그럴 거야. 가수들은 노래 한두 곡만 히트 쳐도 평생 먹고 산다더라고. 치이! 나도 가수나 할 걸 그랬어. 괜히 배우해서 맨날 철야나 하고."

"우히히히! 일단 보트에 타세요, 언니. 제가 채나 만나서 철야나 하는 우리 불쌍한 국민배우 좀 도와주라고 할게요."

박지은이 가수와 배우를 비교하며 투덜대자 연필신이 웃으면서 불쌍한 국민 배우 돕기에 나섰다.

"후……. 고마워!"

"근데, 채나 씨 집에 가려면 보트까지 타야 되는 거야? 필신 씨!

"외계인은 원래 지구인들의 눈에 띄지 않는 음침한 곳에 살죠. 으챠ㅡ!"

연필신이 돌고래처럼 생긴 미끈한 팔인승 모터보트에 올라탔다.

뒤이어 박지은과 노민지가 얼떨떨한 표정으로 연필신을 따라 보트로 올라왔다.

끼릭!

연필신이 익숙한 솜씨로 모터보트의 엔진을 켜고 키를 잡았다.

"길 사장님! 다녀올게요."

"예! 조심해서 조종하세요, 필신 씨!"

연필신이 손님들과 함께 선착장 저 편에 서 있는 〈사계절 수퍼〉 주인인 길 사장에게 소리치자 그가 웃으면서 손을 흔들었다.

"꼭 잡으세요 언니들! 출발합니다!"

바아아앙앙!

연필신이 조종하는 모터보트가 굉음을 내며 시원하게 강물을 갈랐다.

"아후후— 좋다! 스트레스 완전 박멸이야."

"온몸이 짜릿짜릿해요—!"

"모터보트는 그 재미로 타는 거래요. 온몸에 전율이 이는 거!"

"필신 씨는 못하는 게 없어! 보트 조종은 또 언제 배웠어?"

"외계인 매니저 해서 먹고살려면 어쩔 수 없어요. UFO 같은 비행접시도 몰아야 돼요."

"우후후후!"

연필신의 너스레에 박지은과 노민지가 폭소를 터뜨렸다.

"이 인간이 본디 지시형 인간이라서 뭐든지 시키면 다 되는 줄 알아요. 여기 도착하자마자 보트 키를 던져주고 슈퍼로 쏙 들어가 버리더라고요. 그때부터 부랴부랴 길 사장님께 보트 조종술을 배웠죠, 뭐!"

연필신이 키를 잡은 채 모터보트를 조종하며 투덜거렸다.

"채나는 뭐하고?"

"슈퍼 부엌에서 열심히 매운탕 끓여 먹고 있었습죠. 양이 적네 마네, 짜장 붕어네 떡 붕어네 하면서요!"

"오호호호!"

박지은과 노민지가 더 이상 견디지 못하고 뒤집어졌다.

컹컹컹!

강 저편으로 빽빽한 숲이 보이고 개 짖는 소리가 요란하게 들렸다.

"오우! 킹이 마중 나왔네? 다 왔어요, 언니들! 저기가 〈채나 원〉이에요."

연필신이 천천히 보트를 회전시켰다.

한 대의 보트가 외롭게 놓여 있던 선착장에 두 대째 보트가 정박했다.

으르르릉!

계단으로 이어진 선착장 위에서 덩치가 산만 한 사자개, 킹 이 살기를 뿜으며 위협을 했다.

"헉!"

박지은과 노민지가 화들짝 놀라며 마른 비명을 토했다.

"쟤, 쟤 개 맞아? 사자 아냐? 무슨 개가 저렇게 커?"

박지은이 킹을 바라보며 경악했다.

"진짜 별명이 사자개예요. 정식 종명은 티벳탄 마스티푸! 채나가 강아지 때부터 키웠대요. 엄청 사나운데 사람보다 더 똑똑해요. 보실래요?"

연필신이 채나에게 들은 대로 사자개 킹에 대해 말했다.

"킹아! 내가 손님 모시고 왔거든. 네 주인한테 가서 전해줄래?"

컹컹컹!

연필신이 부드럽게 말하자 킹이 몸을 돌려 번개처럼 뛰어 갔다.

"와아아아! 정말 영리하다."

"신기하네! 어떻게 저렇게 사람 말을 잘 알아듣지?"

박지은과 노민지가 달려가는 킹을 쳐다보며 탄성을 토했다.

"히히히! 쟨 미국에서 살다 와서 영어도 알아들어요."

"호호호!"

박지은과 노민지가 자지러졌다.

뻑꾹! 꾸구구구!

새 소리가 요란한 〈채나원〉은 채나가 처음 도착했을 때 그랬던 것처럼 선착장 입구부터 수백 그루의 아름드리나무들이 환영을 했다.

짙은 초록색 제복을 멋지게 차려입고!

"우와와와! 무, 무슨 나무들이?? 엄청나다, 엄청나! 〈채나원〉이 채나 씨네 집 이름이 아니라 수목원 이름이었나 봐요, 이사님."

"진짜야! 아주 정성 들여 가꾼 나무들이야."

"처음에 조경회사를 하는 사람이 키웠다는데 이쪽에 있는 느티나무들은 수령이 몇 백 년씩 됐대요."

연필신이 박지은 노민지와 함께 느티나무 숲을 걸어가며 〈채나원〉에서 파견 나온 가이드처럼 친절하게 설명했다.

후두두둑!

그때, 허공에서 작은 나무줄기들이 떨어져 내렸다.

"웅… 전지작업을 하고 있었네? 그래서 집 전화도 안 받았구나."

연필신이 거대한 느티나무를 올려다보며 중얼거렸다.

"채나야—! 빨리 내려와. 손님 오셨어!"

이어 연필신이 손나팔을 만들어 채나를 불렀다.

"다 끝났어! 마마 언니, 오느라고 고생했어. 금방 내려갈게!"

느티나무 위에서 채나의 목소리가 울려 퍼졌다.

"그래! 조심해서 천천히 내려와!"

박지은이 두 손을 모아 허공에 대고 소리쳤다.

"히히히! 역시 고품격 개그우먼 연필신이 친구다워. 저 때문에 청와대부터 국회까지 발칵 뒤집히고 대한민국이 난리가 났는데 정작 당사자는 태평하게 가지치기 작업을 하고 계시네?"

연필신이 느티나무를 올려다보며 낄낄댔다.

"호호! 채나 씨 좌우명이 내일 지구가 멸망해도 한 그루의 사과나무를 심자, 뭐 이런 거 아냐? 필신 씨!"

"외계인인데 지구가 멸망하든 흥하든 뭔 관심이 있겠어?"

"화아—! 언니들 개그 된다?"

"우후후후!"

연필신이 눈을 동그랗게 뜨며 감탄사를 토하자 박지은과 노민지가 다시 배꼽을 쥐었다.

"필신아! 올라가서 물 좀 끓여."

"오키! 닭도 몇 마리 잡아놓을게."

채나가 나무 위에서 소리치자 연필신이 씩씩하게 대답했다.

지금은 연필신이 명문대학을 나와 선생님 생활도 하고 유명한 연예인으로 살아가고 있지만 어린 시절에는 전혀 다른 삶을 살았다.

충청북도 영동 읍내에서도 버스를 타고 한 시간 이상을 들어가야 하는 시골 출신으로, 연필신의 부모들은 여느 농가들처럼 밭이나 논농사를 하는 게 아니라 수박과 감을 주로 재배했고 방목한 염소와 닭들을 손님들에게 팔아 생계를 꾸려갔다.

덕분에 연필신은 부모님이 안 계실 때 손님이 오면 동생들과 함께 닭을 잡아 팔았다.

염소는 그냥 묶어만 놓았고.

게다가 고등학교 일 학년 때부터 지금까지 자취 생활을 해

와서 닭 잡는 것이 자판기에서 커피 빼는 것보다 훨씬 쉬웠다.

두 사람은 잘 몰랐지만 이점이 바로 채나와 연필신을 아주 짧은 시간에 친자매보다 더 가깝게 만든 결정적인 이유였다.

또래의 아가씨들과는 많이 다르게 어릴 때부터 험한 일을 경험해 온 둘이었기 서로의 마음이 통했던 것이다.

"히히! 채나가 삼계탕을 대접할 모양이네요. 언니들은 채나랑 같이 오세요. 전 먼저 가서 준비하고 있을게요."

연필신이 손을 흔들며 숲 속 저편으로 걸어갔다.

쪼르르르 착!

이때 눈처럼 하얀 고양이 스노우가 나무에서 내려와 박지은의 품에 안겼다.

"아후, 스노우잖아! 잘 있었어?"

쪽!

박지은이 스노우를 꼭 끌어안고 키스를 했다.

"호호! 얜 정말 귀엽게 생겼어요. 완전히 인형 같아요."

"후후! 제 주인하고 놀이 인형 세트야."

박지은과 노민지가 사랑스러운 눈으로 스노우를 쳐다보며 쓰다듬었다.

투투투투!

바로 그 순간, 채나가 높다란 느티나무 위에서 마치 날렵한 원숭이처럼 이쪽 가지에서 저쪽 가지로 옮겨 다니며 큼직한 칼로 나뭇가지들을 쳐냈다.

"후아아! 완전 난다 날아! 타잔이야 타잔!"

"호호호, 하늘 다람쥐가 여기서 서식하나 봐요? 채나 다람쥐!"

박지은과 노민지가 나무 위에서 가지치기 작업을 하는 채나를 바라보며 연신 감탄을 했다.

쪼르르륵!

잠시 후 허름한 작업복을 걸친 채나가 어깨에 전지용 큰 칼을 멘 채 나무에서 내려왔다.

"헤헤헤! 우리 수석 장로님 오셨네?"

채나가 특유의 웃음을 흘리며 박지은에게 다가왔다.

꽁!

박지은이 채나의 머리통을 쥐어박았다.

"왜 전화를 안 받는 거야? 연락도 없고. 무슨 일 생긴 줄 알았잖아, 바보야!"

박지은이 양손을 허리에 올린 채 씩씩댔다.

"움쓰! 언니 전화 봐봐봐. 내가 어제 밤부터 열 번도 더 했어!"

"그, 그럼 032… 이거……?"

"맞아! 여기 〈채나원〉 우리 집 전화번호야."

"난 또 장난 전화인 줄 알고. 휴대폰은……?"

"몰라! 노래 연습실에 있는지 마사회 숙소에 있는지 기억이 않나."

"어휴! 넌 정말—"

콩콩! 다시 박지은이 채나의 머리를 쥐어박았다.

"……!"

노민지는 박지은이 채나의 머리를 쥐어박을 때 누군가 자신의 머리를 망치로 때리는 것으로 착각했다.

노민지가 아는 박지은은 어떤 사람에게도 장난이나 실수로도 손찌검을 한 적이 없었다.

게다가 지금 채나한테 사용하는 말투는 엄마가 딸에게 언니가 개구쟁이 막내 동생에게 쓰는 말투였다.

노민지는 정말 오랜만에 박지은의 인간적인 모습을 봤다.

그리고 불현듯 어떤 예감이 스쳤다.

아시아 국가 출신의 배우인 박지은으로서는 절대 넘을 수 없는 벽으로 느껴졌던 아카데미 여우주연상!

그 마의 벽을 깨뜨릴 수 있을 것 같다는 느낌이었다.

"민지 언니!"

"네! 채나 씨."

"마마 언니 집에 전화 좀 해! 오늘 우리 집에서 자고 내일 간다고 말이야."

채나가 아무렇지도 않게 지나가듯 말을 던졌다.

흑!

반대로 노민지는 가슴에 총을 맞은 듯 헛바람이 튀어나왔다.

"저, 저기 채나 씨!? 이사님은 절대 밖에서 잠을……."

"괜찮아, 민지야! 아빠 바꿔봐."

"……!"

노민지가 얼떨결에 전화번호를 눌러 박지은에게 건네줬다.

"아빠? 나야."

"……?"

노민지가 눈을 껌뻑이며 휴대폰을 들고 통화를 하는 박지은을 지켜봤다.

"어휴! 우리 아빠, 정말 큰일이다. 내가 무슨 다섯 살짜리 꼬만 줄 알아. 잘 때 이불 잘 덮고 아침 밥 꼭 챙겨 먹으란다!"

"그건 큰원장님이……."

박지은이 휴대폰을 건네주며 투덜대자 노민지가 어떤 말인가 하려다가 말꼬리를 흐렸다.

노민지의 머릿속에서 박지은의 아버지인 박효원 박사가 자신처럼 당혹해하는 모습이 그려졌던 것이다.

"원래 빠자 들어가는 사람들은 다 그래. 오빠! 아빠! 빠순이 빠돌이! 울 오빠는 내가 체할까 봐 밥도 먹여주는데 뭐."

"정말?"

"헤헤헤……. 진짜야."

박지은과 채나가 도란도란 얘기를 나누며 숲 속 길을 걸어갔다.

노민지가 도무지 믿을 수 없다는 듯 고개를 설레설레 저으며 물끄러미 박지은의 뒷모습을 쳐다봤다.

친구들과 밤샘을 하면서 깔깔대고 노래도 부르고 춤도 추고 어른들 몰래 술도 마셔보고.

누구나 십대 이십대 때 흔히 하는 일탈이었다.

하지만 박지은은 예외였다.

일탈하고는 거리가 멀었다.

외박이란 말은 박지은 사전에는 없었다.

병적일 만큼 결벽증이 심해서 잠자리가 바뀌면 뜬눈으로 밤을 새우기 일쑤였기 때문이다.

덕분에 촬영장에서 밤샘 작업을 할 때는 누구도 박지은을 당하지 못했다.

사박 오일을 눈 한 번 붙이지 않고 일을 했으니까!

한데, 채나를 만난 오늘의 박지은은 어제의 박지은이 아니었다.

채나를 서슴없이 쥐어박고 스스럼없이 채나 집에서 자고 가겠다고 박효원 박사에게 전화까지 했다.

이 일은 노민지가 지금까지 지켜 본 박지은에게는 일탈을 넘어 일대사건이었다.

채나 교주는 동양제일미인인 국민배우조차 간단히 외박을 시키는 무서운 사내(?)였다.

"먼저 스노우… 다음은 엄마 퀸, 그리고 아빠 킹."

채나가 나무 국자를 든 채 김이 펄펄 나는 삼계탕을 큼직한 통나무 구유에 덜어놓았다.

스노우와 사자개 퀸과 킹이 삼계탕이 가득 담긴 구유 앞에 서서 입맛을 다셨다.

"조금 기다렸다가 먹어. 약간 식으면 먹으라고!"

채나가 어린아이한테 주의를 주듯 말하면서 이번에는 길이 삼 미터쯤 되는 통나무를 파서 만든 구유에 삼계탕을 퍼놓았다.

"이건 원, 투, 쓰리, 포, 파이브 거! 식사 시작!"

쩝쩝! 와작와작!

채나의 말이 떨어지기 무섭게 스노우와 퀸과 킹, 새까만 강아지 다섯 마리가 일제히 통나무 구유에 달라붙어 삼계탕을 먹기 시작했다.

스노우와 킹, 퀸은 큼직한 구유를 하나씩 차지하고 있었고 강아지들은 긴 통나무 구유에 일렬로 머리를 박고 먹었다.

딱 어느 돼지농장의 풍경이었다.

"헤헤헤! 녀석들 배고팠구나?"

채나가 자애로운 엄마처럼 흐뭇한 얼굴로 지켜봤다.

"후후……. 얘들 이름이 원, 투, 쓰리, 포, 파이브야?"

"호호호! 엄청 성의 없는 이름이다 채나 씨! 열 마리를 낳았으면 식스, 세븐, 에잇, 나인, 텐이었겠네?"

박지은과 노민지가 웃으면서 말했다.

"퀸 녀석이 한꺼번에 일곱 마리나 낳으니까 어떤 이름을 지을지 생각이 안 나더라구. 그래서 그냥……."

채나가 겸연쩍게 변명을 했다.

"일곱 마리? 다섯 마리잖아. 두 마리는 어디 갔어?"

"히히! 미국의 유명한 재벌가에 입양됐죠. 제가 며칠 전에 국제 화물로 보내드렸답니다."

박지은의 질문에 저쪽 평상에서 음식을 차리던 연필신이 대답했다.

미국의 유명한 재벌가는 서부의 광야를 홀로 걷는 것이 취미인 보이스카우트 지미 페이지 회장이었다.

"입양됐다고? 애들 분양하는 거야? 채나 씨!"

"우씨— 아냐!"

노민지가 분양 여부를 묻자 채나가 펄쩍 뛰었다.

"그분은 옛날부터 여러 번 부탁하셔서 눈물을 머금고 보내드린 거야. 얘들은 내가 몽땅 키울 거야. 이 〈채나원〉이 워낙 넓어서 킹과 퀸 둘이 지키기 힘들거든."

"에효! 몇 개월 뒤엔 여기가 검은 사자들이 뛰어노는 아프리카 초원으로 변하겠구나."

"무단 침입을 했다가는 그냥 사자 밥이 되겠네요, 호호호!"

박지은과 노민지가 웃으면서 수십 마리의 시커먼 사자개들이 뛰어다니는 장면을 상상했다.

몇 달 뒤에 실제 펼쳐지는 장면이었다.

채나는 케인이 이 오지에 〈채나원〉을 마련해 준 뜻을 정확히 읽었고 〈채나원〉의 시설들을 조금씩 수리해서 진짜 철옹성으로 만들고 있었다.

"채나야, 언니들! 밥 먹어—"

"웅! 가."

연필신이 삼십여 미터쯤 떨어진 아름드리나무 옆에서 소리치자 박지은이 손을 흔들었다.

"후! 우리 교주가 목소리가 좋은 이유를 이제야 알겠어. 여긴 서울 공기하고 색깔조차 달라!"

"네! 정말 숲 속의 요정이 된 기분이에요. 이런 데서 살면 음치도 금방 꾀꼬리로 변하겠어요."

박지은과 노민지가 숲길을 걸어가며 연신 탄성을 날렸다.

"질투 나서 안 되겠다! 아빠보고 제주도 별장 팔고 이런 〈채나원〉 같은 곳을 사라고 해야겠어."

"호호! 너무 좋아요. 이사님!"

아름드리나무들이 빽빽이 서 있는 숲 속에 초여름의 따사로운 태양이 마치 황금빛 조명처럼 비쳤다.

그 조명 아래 실개천이 흐르고 한쪽 모퉁이에 큼직한 평상 하나가 어떤 극단의 작은 무대처럼 놓여 있었다.

연필신이 그 무대 위에 소품으로 삼계탕을 비롯한 음식을 가득 차려냈다.

"지금은 아무것도 아니에요. 마마 언니! 이따 밤에 보세요. 막 별이 쏟아지는데 은하철도 999가 따로 없어요."

"진짜? 아후! 빨리 밤이 왔으면 좋겠다……."

연필신이 〈채나원〉의 밤 풍경에 대하여 설명하자 박지은이 기대에 찬 눈으로 나무들 사이로 빛나는 파란 하늘을 쳐다봤다.

텅!

그때 채나가 삼계탕이 가득 담긴 큼직한 구유를 평상 위에 올려놓았다.

"왜 킹 밥그릇을 가져와?"

"내 거야!"

박지은이 의아한 표정으로 묻자 채나가 짧게 대답했다.

"……!"

박지은과 노민지의 입이 채나가 올려놓은 구유가 들어갈 만큼 벌어졌다.

"이히히히! 확실히 마마 언니가 대중가요를 싫어하나 보다? 채나가 나오는 〈우스타 중평〉을 한 번이라도 봤으면 채나의 밥그릇을 보고 저렇게 놀라지 않았을 텐데……."

"됐어. 연필신! 친구 밥그릇 가지고 흉보는 거 아냐."

"히히! 흉보는 게 아니라 가뜩이나 큰 마마 언니 눈이 축구공만 해 지는 게 너무 웃겨서 그래."

"내가 오늘 삼계탕에 뭐 넣었다고 얘기 안 했지? 필신아!"

"뭐, 뭘 넣었는데?"

"마마 언니가 와서 특별히 지난번에 캔 백 년 근 산삼 두 뿌리를 넣었어."

"감사히 먹겠습니다. 채나 언니!"

"오호호호!"

연필신이 삼계탕에 산삼을 넣었다는 채나의 말이 끝나기 무섭게 후다닥 삼계탕 그릇에 머리를 박자 박지은과 노민지가 폭소를 터뜨렸다.

연필신은 잘 알고 있었다.

채나는 농담이라도 절대 허언을 하지 않는다.

실제로 채나는 얼마 전에 〈채나원〉의 뒷산에서 백 년 근 산삼을 일곱 뿌리나 캔 적이 있었다.

휴전선과 가까운 이쪽 산들은 민간인들의 출입을 통제하기에 툭하면 멧돼지들이 출몰하고 산삼이나 더덕 등 각종 희귀 약초들이 다량으로 발견됐다.

당연히 채나가 끓인 이 삼계탕 속에는 산삼이 들어갔을 확률이 아주 높았다.

이때는 배가 터지는 한이 있어도 최소한 두 마리는 먹어야 줘야 한다.

"후와! 무슨 삼계탕이 이렇게 맛있어? 먹기가 아까울 정도야."

"정말이에요. 그동안 우리가 먹은 삼계탕은 채나 씨가 만든 이 삼계탕에 비하면 완전 컵라면 수준이에요."

"히히! 채나가 노래하는 요리사거든요."

"헤헤! 언니들이 배가 고파서 그런 거야!"

그랬다.

박지은이나 노민지가 말한 것처럼 채나가 끓인 삼계탕에 비하면 일반 음식점에서 만드는 삼계탕은 컵라면이 될 수밖에 없었다.

음식점에서는 평범한 인삼을 넣었고 채나는 백 년 근 산삼을 두 뿌리나 넣었기 때문이다.

백 년 근 산삼을 넣으면 꿀꿀이죽도 신선로로 변한다.

"후우… 진짜 맛있게 먹었네. 그기 채나하고 필신이 줘, 민지야!"

잠시 후, 박지은이 수저를 내려놓으며 말했다.

"네! 이사님!"

노민지가 가방에서 두툼한 책자 몇 권을 꺼냈다.

"채나 씨 이거! 필신 씨도 받고."

"이게 뭐예요, 민지 언니?"

연필신이 두 권의 책자를 받으며 물었다.

"〈블랙엔젤〉 대본하고 촬영 일정표야!"

노민지가 특유의 말투로 또박또박 설명했다.

"히히! 전 제작발표회 사회자일 뿐인데 무슨 대본까지 주세요. 언니?"

"대본 잘 살펴봐, 필신 씨! 카메오 수준이지만 꽤 여러 번 나와."

"지, 진짜예요, 민지 언니? 아호! 걱정된다. 난 현대극 쪽은 많이 약한데……."

노민지가 미소를 띠며 말하자 연필신이 재빨리 대본을 넘겨보며 호들갑을 떨었다.

카메오는 엑스트라보다 더 약한 배역을 뜻한다.

연필신은 고등학교 졸업장보다 개그맨 합격증을 먼저 받았다.

그만큼 연예계 밥을 오래 먹어서 이제 눈치가 7단쯤 됐다.

그것도 아마추어가 아닌 프로!

채나가 〈블랙엔젤〉에 캐스팅되면서 대본이 수정됐고 채나를 배려하는 차원에서 채나의 친구인 연필신을 단역으로 끼워 넣었다.

모두 P&P 박 회장 작품이었다.

그 복잡한 과정을 구로동 꺽다리 아줌마는 영악하게 눈치 챘다.

"쩝쩝! 며칠 전에 박 회장님 뵀어."

채나가 삼계탕을 퍼먹으며 귀찮다는 듯 대본을 노민지에게 다시 밀어놓았다.

"후후! 벌써 오빠를 만났구나?"

"응! 그 자리에서 〈블랙엔젤〉 대본이랑 몇 가지 자료를 주시더라고."

"……!"

노민지와 연필신의 눈이 커졌다.

연예계 총통으로 통하는 박영찬 회장이었다.

보통 연예인들이 박 회장을 만나려면 그 옛날 독일의 독재자 히틀러 총통을 만나는 것보다 더 어렵다고 했다.

그 박 회장이 직접 채나를 찾아와 시나리오를 건네줬다는 것은 채나의 인지도가 어느 정도인지 충분히 짐작할 수 있는 대목이었다.

"출연료 문제는 어떻게 얘기됐어?

"러닝 개런티로 하자고 했어."

"러닝 개런티?"

박지은이 연예인들의 가장 민감한 문제인 출연료, 돈 문제를 서슴없이 물었고 채나가 망설임없이 대답했다.

러닝 개런티란 영화를 제작할 때 배우에게 지급하는 출연료 지급 방식 중 하나다.

배우에게 책정되어 있는 최초 출연료 금액을 하향조정 하고, 대신 영화의 관객 수가 일정수치 이상 넘어갔을 때 관객 일 인당 소정의 액수를 추가로 지급한다.

영화가 인기를 끌고 흥행이 되면 배우가 많은 수익을 올릴 수 있지만 반대로 흥행에 참패했을 경우엔 출연료를 얼마 받지 못하기에 배우에게는 불리한 계약이었다.

물론, 〈블랙엔젤〉 같은 TV 드라마에 출연하는 배우나 탤런트하고는 관계가 없는 출연료 지급 방식이었다.

대부분의 TV 드라마 출연료는 한 회당 얼마 하는 식으로 지급했기 때문이다.

채나는 엉뚱하게도 TV 드라마 출연료 지급 방식하고는 관계가 없는 불리한 계약을 자처했던 것이다.

자신을 S1으로 추천한 박지은을 배려하기 위해서였다.

채나에게 박지은은 그만큼 중요한 사람이었다.

"난 가수로서는 검증이 됐지만 배우로서는 미지수잖아? 몇 번 찍어보면 배우로서 평가가 나올 거 아냐. 연기력이나 인지도 등등… 그때 능력에 맞게 출연료를 주면 되지 뭐. 그래야 언니도 욕을 안 먹고!"

"후후! 역시 우리 교주야."

박지은이 자신의 입장을 생각해 주는 채나가 예뻐 죽겠다는 표정으로 채나의 얼굴을 톡톡 쳤다.

근데, 지금 채나 스스로 가수로서는 검증이 됐지만 배우로서는 미지수라고 말했다.

그건 어디까지나 한국에서 얘기였다.

미국에서는 배우로서 먼저 검증을 받았다.

채나는 UCLA 연극영화과 재학 시절 여러 편의 연극과 뮤지컬에 출연하면서 할리우드의 유명한 영화감독들 눈에 띄어 몇 번인가 러브콜을 받은 적이 있었다.

단지 채나가 연기보다 노래를 좋아했고 시간이 없어서 거절했을 뿐이었다.

채나가 이런 사실들을 팬카페인 〈채나교〉에 들어와 자랑을 했고 수석 장로인 박지은은 그 사실을 잘 알고 있었기에 채나를 서슴없이 박 회장에게 〈블랙엔젤〉의 S1으로 추천했던 것이다.

"어쨌든 S1 역할을 맡았으니까 열심히 해볼게. 대신 마마 언니가 작가나 탁 국장님께 얘기 좀 해!"

"무슨 얘기를?"

"어젯밤에 잠간 시나리오를 검토해 봤는데 이 S1이란 배역은 정말 한심하더라고! 1회분 내본에 대사가 딱 세 마디야. '편히 쉬셨습니까, 여사님', '네, 여사님', '알겠습니다, 여사님' 이게 끝이야. 끝! THE END!"

"호호호! 이히히히!"

채나가 양손을 벌리며 과장된 제스처로 S1 역할을 설명하자 박지은과 연필신 등이 뒤집어졌다.

"2회 분은 더 황당해. 딱 두 마디야. '가시죠, 여사님', '네' 이게 다야! 참나? 한 회에 90분을 쏘는 드라마에서 더욱이 처음부터 끝까지 얼굴이 나오는 여자 조연이 어떻게 대사를 딱 두 마디만 해? 벙어리 경호원인가?"

"까르르르!"

박지은 등이 폭소를 터뜨렸다.

"그리고 뺙 하면 액션 씬이야. 아무리 시대적 배경이 통일 직전이라고 해도 그렇지 대한민국에 웬 간첩이 그렇게 많대? 새벽부터 밤까지 끝없이 경호를 해야 돼. 정말 피곤한 경호원이더라고!"

"후후! 알았어. 내가 작가한테 대사 좀 늘려 달라고 말해볼게."

"이 시나리오를 보고 내가 머리가 좋다는 걸 처음 알았어. 딱 한번 읽어보고 내가 칠이십 회 분 대사를 깡그리 외웠다니까! '예 여사님', '알겠습니다, 여사님', '가시죠', 이런 톤으로 스무 마디만 하면 돼!"

"우후후후!"

박지은이 다시 배꼽을 쥐었다.

하지만 노민지와 연필신은 더 이상 웃지 않았다.

두 사람은 지금 채나의 행동이 너무 신기했기 때문이다.

연필신은 신문에서 채나가 〈블랙엔젤〉의 S1으로 캐스팅됐다는 기사를 읽는 순간 무엇보다 DBS 경영진의 지독하게 빠른 머리 회전에 놀랐다.

연예인으로 활동하면서 여러 번 목격했던 전형적인 양동작전으로 이해했다.

압력에 의해 〈우스타〉에서 하차한 채나를 달래면서 한편으론 채나의 인기를 이용해 〈블랙엔젤〉의 흥행을 노리는 작전!

실은, 채나를 캐스팅 할 때 직접 개입한 박 회장과 박지은을 제외한 대부분의 사람들이 연필신처럼 생각했다.

물론, 인기 가수가 드라마나 영화에 출연하는 것은 우리나라뿐만이 아니라 범세계적인 유행이었고 어제오늘 시작된 일도 아니었다.

가수가 지닌 재주가 뛰어난 이유도 있었지만 열에 아홉은 가수의 인기를 이용해 흥행을 노리는 얄팍한 상혼 때문이었다.

까렌트라는 가수와 탤런트의 합성어, 가짜 탤런트라는 비웃음이 깔린 어휘가 돌아다닐 정도였다.

연필신은 채나도 그런 류인 것으로 짐작하고 있었다.

한데, 아니었다.

채나를 캐스팅한 사람은 장사꾼들이 아니라 상상조차 못했던 국민배우 빅마마였다.

게다가 더욱 이상한 것은 채나의 말투와 태도였다.

시나리오 배역, 대본, 대사 등등… 지금 채나가 사용하는 어휘들은 탤런트나 배우들이 흔히 쓰는 말들이었다.

채나가 배우들이 사용하는 어휘를 사용하는 것이 이상한 것이 아니라 채나가 마치 오랫동안 배우 생활을 해온 사람처럼 그 어휘들을 너무나 자연스럽게 사용했기 때문이다.

채나가 가수가 아니라 배우였나 하고 착각할 만큼!

노민지는 매니저답게 채나의 또 다른 면이 신기했다.

노민지는 지금까지 우리나라 탤런트나 배우 중에서 박지은 앞에서 영화나 드라마의 등장인물 성격이 어떠니 대사가 많으니 적으니 따지고 평하는 사람을 본 적이 없었다.

정말 단 한 사람도 없었다.

연기에 관한 얘기를 하다가도 박지은이 나타나면 다른 얘기로 돌리기 일쑤였다.

중견 배우나 원로 배우들도 예외가 아니었다.

비록 나이는 서른에 불과했지만 배우 경력만 해도 이십 년이 넘었고 세계 메이저 영화제에서 여우주연상을 휩쓸다시피 한 빅마마 앞에서 무슨 영화나 드라마에 관해서 논하고 평한단 말인가.

하지만 왕초보 배우 채나는 서슴없이 투덜거렸고 또 박지은은 너무도 재미있다는 듯 받아줬다.

한술 더 떠 채나는 박지은에게 감독이나 작가에게 부탁해서 자신의 대사를 늘려 달라고 말했던 것이다.

그것도 거의 명령형으로! 감히 왕초보 배우가 국민배우에게!

그런데도 박지은은 사랑스러워 죽겠다는 듯 웃으면서 흔쾌히 대답했다.

연상 연하 커플.

떼쟁이 남동생과 누나.

꼭 그런 분위기였다.

아직 연필신이나 노민지는 모르고 있었다.

채나와 박지은이 얼마만큼 가까운 관계인지…….

만약 박지은이 채나에게 〈블랙엔젤〉 S1의 오더를 제시하지 않았다면 채나는 지금쯤 미국의 뉴욕 케네디 국제공항에서 점심을 먹고 있었을 것이다.

〈블랙엔젤〉의 S1을 맡아서 나와 같이 일해 보자는 박지은의 한마디에 채나는 모든 것을 접고 다시 한국에 주저앉았다.

채나와 박지은은 친자매보다 더 가까웠다.

따르르릉!

그때, 채나의 뒤에서 전화벨 소리가 울렸다.

채나가 숟가락을 입에 문 채 좌우를 돌아보며 어리둥절했다.

"우히히히! 바보야, 뒷주머니!"

연필신이 웃으면서 채나의 엉덩이를 가리켰다.

"어? 이게 왜 내 엉덩이에 꽂혀 있지? 장애 경호원이 되더니 총인 줄 알았나?"

"오호호호!"

채나가 너스레를 떨며 뒷주머니에서 가정용 무선 전화기를 꺼내 들자 박지은과 노민지가 자지러졌다.

따르르릉!

계속 전화벨이 울렸다.

툭! 채나가 귀찮다는 듯 무선 전화기를 연필신에게 던졌다.

연필신이 전화기를 들고 저쪽으로 걸어갔다.

"저거 032… 집 전화야?"

"응! 아까 가지치기할 때 언니가 전화할 거 같아서 가지고 내려왔어."

"후! 그랬구나."

박지은이 미소를 띤 채 전화기의 정체를 물었고 채나가 다시 삼계탕을 먹으며 대답했다.

"미래 왔대, 채나야! 손님 몇 분하고 같이 왔다는데?"

연필신이 전화기를 든 채 소리쳤다.

"우 씨! 마마 언니도 와 있는데 귀찮게 무슨 손님이야? 손님은 보내고 미래만 오라 해."

"그럼 안 돼, 채나야! 보나 마나 널 섭외하려고 먼 길을 오신 분들일 텐데 식사라도 대접해야지."

채나가 짜증스럽게 대답하자 박지은이 인자한 엄마처럼 충고했다.

"히히! 미래도 못 온단다. 길 사장님 가게에 보트가 한 대도 없대."

"허쭈? 겁쟁이 길 사장 떼돈 버네. 할 수 없지 뭐! 우리가 그쪽으로 간다그래. 손님들께 매운탕 대접하라고 하구."

"OK!"

채나가 귀찮다는 듯 말했고 연필신이 대답했다.

몇 달 전 〈채나원〉에 놀러 왔던 연필신과 한미래는 이 〈채나원〉에 반해서 풀 바구니 쥐 드나들 듯 드나들었다.

붙임성 좋은 연필신은 이미 길 사장 대신 슈퍼를 봐 줄 정도였고 한미래는 아예 어릴 때부터 쓰던 은수저 한 벌을 〈채나원〉 본채 주방에 갖다 놨다.

"미래가 누구야?"

"〈블랙엔젤〉 OST곡 피처링 한 가수 한미래를 말하나 봐요. 이사님!"

"맞아! 〈우스타〉에서 사귄 앤데 필신이보다 세 배쯤 착해. 언니 맘에도 쏙 들 거야."

박지은이 한미래에 대해 묻자 노민지가 대답하고 채나가 보충 설명을 했다.

"히히히! 이제 스무 살짜리가 대단해요. 채나가 〈우스타〉에서 자진하차를 발표하자 미래도 동시에 〈우스타〉 하차를 선언했어요. 채나 때문에 〈우스타〉에 출연했는데 채나가 없다면 출연할 의미가 없다고 아주 딱 부러지게 얘기를 했어요."

한미래보다 세 배쯤 못된 연필신이 채나에게 가정용 무선전화기를 건네주며 한미래의 최신 동향에 대해 얘기했다.

"요즘도 그런 의리파가 있었어? 빨리 보고 싶네."

박지은의 예쁜 눈이 호기심으로 빛났다.

"좋아! 미래도 보고 매운탕도 먹으러 가자구!"

채나가 발딱 일어섰다.

"매, 매운탕을 또 먹어?! 방금 삼계탕 한 솥 먹었잖아 채나야?"

"언제 내가 삼계탕을 먹어? 쪼오끔 맛본 거지."

"윽!"

채나가 정색하고 말하자 박지은과 노민지가 마른 비명을 터뜨렸다.

"히히! 채나 옆에 있으면 언니들도 각오하셔야 돼요. 돼지 될 각오!"

꿀꿀꿀꿀…….

바로 그 순간이었다.

숲 속 저편에서 정말 돼지들이 우는 소리가 들려왔다.

반짝! 채나가 눈을 빛냈다.

"스노우… 총!"

채나가 돼지 우는 소리가 들리는 숲을 바라보며 나직하게 말했다.

사사삭!

기다렸다는 듯 스노우가 큼직한 사냥총을 입에 물고 통나무 창고 저쪽에서 바람처럼 날아왔다.

"퀸은 아가들을 지켜! 킹하고 스노우는 따라와. 가자!"

파파파팟!

채나가 총을 든 채 킹과 스노우와 함께 비호처럼 숲 속으로 튀어갔다.

"……!"

박지은과 노민지가 멍한 표정으로 숲으로 사라지는 채나를 쳐다봤다.

"우히히히! 오늘 포식하는구나. 삼계탕에 매운탕에 멧돼지 바비큐까지!"

연필신이 허리를 비틀며 환하게 웃었다.

"멧돼지 바비큐? 그, 그럼 이 꿀꿀대는 소리가?"

"네 언니! 멧돼지들이 지금 저쪽 숲 속에 나타났어요. 채나가 총을 들고 잡으러 간 거구요."

박지은의 눈이 휘둥그레지자 연필신이 손으로 숲을 가리키며 찬찬히 설명했다.

"언니늘도 뉴스에서 보셨죠? 멧돼지들이 출몰해서 난리 피우는 거! 이 동네도 심각해요. 막 떼로 몰려와서 농작물들을 모조리 헤집어놓는대요. 지난번에 군청 담당자가 와서 사정사정하며 채나한테 총까지 주고 갔어요."

"채나한테 총을 줘?"

"히히! 채나가 지구 최고의 총잡이라는 거 잊으셨어요?"

"아― 맞다! 채나가 가수 이전에 유명한 사격선수였지? 우리 교주!"

박지은이 새삼스럽게 채나의 정체를 떠올렸다.

"그러니까 채나 씨에게 멧돼지를 잡아달라고 군청에서 총을 맡긴 거야 필신 씨?"

"네! 채나한테 걸리면 짤 없어요. 한 방에 한 마리씩! 벌써 황소만 한 멧돼지를 열두 마리나 잡았어요. 우히히히……."

"화아아아!"

연필신이 경기도 파주의 전설적인 멧돼지 사냥꾼 김채나에 대하여 침을 튀기자 박지은과 노민지가 탄성을 토했다.

탕!

찰라, 숲 속 저편에서 총소리가 터졌다.

"일단 한 마리!"

탕!

연거푸 총소리가 들렸다.

"이히히! 오늘은 두 마리나 잡았네."

연필신이 총소리에 맞춰 추임새를 넣었다.

컹컹컹!

퀸이 새끼들과 함께 서서 총소리가 들리는 쪽을 바라보며 짖어댔다.

…….

그리고 잠깐의 정적이 흘렀다.

컹컹컹!

저편 숲 속에서 킹과 스노우가 뛰어왔다.

그 뒤를 어금니가 코끼리 이빨만큼이나 큰 멧돼지가 성큼 성큼 쫓아왔다.

컹컹컹!

퀸이 꼬리를 흔들며 새끼들과 함께 달려갔다.

덜컹!

박지은과 노민지의 턱이 아주 간단하게 빠졌다.

연필신이 웃으면서 재빨리 끼워줬다.

채나가 자기 몸집보다 열 배쯤 큰 멧돼지를 메고 숲 속에서 걸어 나왔다.

지구 최고의 총잡이였다.

『그레이트 원』4권에 계속…

魔 in 화산

FANTASTIC ORIENTAL HEROES

용훈 新무협 판타지 소설

무림공적, 천살마군 염세악!
검신 한호에게 잡혀 화산에 갇힌 지 백 년.

와신상담… 절치부심… 복수무한…

세월은 이 모든 것을 잊게 하고
세상마저 그를 잊게 만들었다.
하지만.

"허면 어르신 함자가 어찌 되시는지……"
우연한 만남, 자신도 모르게 튀어나온 원수의 이름.
"그게… 한, 한호일세."

허무함의 끝에서 예기치 않게 꼬인 행로.
화산파 안[in]의 절세마인, 염세악의 선택!

Book Publishing CHUNGEORAM

용훈이 하나 자유추구
WWW.chungeoram.com

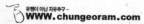

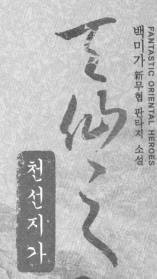

백미가 新무협 판타지 소설
FANTASTIC ORIENTAL HEROES

천선지가

불의의 사고로 죽은 청년 이강
오를 기다린 것은 무림이었다!

어느 날
그에게 찾아온 운명,
천선지서.

각인 능력과 이 시대엔 알지 못한 지식으로
전생에서 이루지 못한 의원의 꿈을 이루다!

『천선지가』

하늘에 닿은 그의 행보가 시작된다!

FUSION FANTASTIC STORY
월문선 장편 소설

화려한 귀환

머나먼 이계의 끝에서
다시 돌아온 남자의 귀환기!

『화려한 귀환』

장점이라고는 없던 열등생으로 태어나,
학교에서 당하는 괴롭힘을 버티지 못하고
자살이라는 극단적인 선택을 하게 된 남자, 현성.

"돌아왔다…… 원래의 세계로!"

이계에서 죽음을 맞이하게 된 현성은
자신을 죽음으로 내몰았던 현실 세계로 돌아오게 된다!

고된 아픔들, 그리웠던 기억들,
모든 것을 되살리며 이제 다시 태어나리라!

좌절을 딛고 일어나 다시 돌아온
한 남자의 화려한 이야기!
이보다 더 화려한 귀환은 없다!

Book Publishing CHUNGEORAM

유행이 아닌 자유추구 -
WWW.chungeoram.com

FUSION FANTASTIC STORY
건(建) 장편 소설

컨트롤러
Controller

세상에게 당한 슬픔,
약자를 위해 정의가 되리라!

『컨트롤러』

부모님의 억울한 죽음.
더러운 세상에 희롱당해
무참히 희생당한 고통에 분노한다!

"독하게… 살아가리라!"

우연한 기회를 통해 받은 다른 차원의 힘.
억울함에 사무친 현성의 새로운 무기가 된다.

냉정한 이 세상을 한탄하며,
힘조차 없는 약자를 대변하고자
내가 새로운 정의로 나서겠다!

Book Publishing CHUNGEORAM